기차에서 핀 수채화

기차에서 핀 수채화

초판 1쇄 발행 2018년 8월 15일

지 은 이 박석민
발 행 인 권선복
편   집 오동희
디 자 인 박하예린, 서보미
전 자 책 서보미
발 행 처 도서출판 행복에너지
출판등록 제315-2011-000035호
주   소 (07679) 서울특별시 강서구 화곡로 232
전   화 0505-613-6133
팩   스 0303-0799-1560
홈페이지 www.happybook.or.kr
이 메 일 ksbdata@daum.net

값 15,000원

ISBN 979-11-5602-639-6 (03810)

Copyright ⓒ 박석민, 2018

이 책의 인세는 전액 '초록우산 어린이재단 광주지역본부'에 기부하여 빈곤과 질병으로 고통받는 어린이들을 돕는 일에 쓰겠습니다. 특히 영호남 화합 차원에서 광주와 대구의 소외계층 어린이들이 기차를 타고 와서 만나 선진지 견학을 하면서 친해지는 '해피트레인(Happy Train)' 행사도 추진합니다.

도서출판 행복에너지는 독자 여러분의 아이디어와 원고 투고를 기다립니다. 책으로 만들기를 원하는 콘텐츠가 있으신 분은 이메일이나 홈페이지를 통해 간단한 기획서와 기획의도, 연락처 등을 보내주십시오. 행복에너지의 문은 언제나 활짝 열려 있습니다.

행복은
기차를
타고 온다

기차에서 핀 수채화

박석민 지음

책을
시작하며
—

* * *

　사람들은 저마다 가슴 속에 간이역 하나씩 안고 산다. 몰래 감
춘 보물창고처럼 살짝 들여다보면서 그 역에 얽힌 추억을 만지작
거린다. 시골 역은 무릉도원처럼 판타스틱하지는 않지만 삶과 추
억이 녹아 있어 더 애틋하다. 플랫폼에 기차가 서고, 아담한 목조
건물에 차표 파는 대합실이 있고, 광장에 나서면 식당·선술집·옷
가게가 있어 사람냄새가 난다.

　초등학교 5학년 무렵, 전남 무안의 시골 촌놈은 몹시 두근거리는
맘으로 아버지 손잡고 서울이라는 곳을 처음 갔다. 1970년대 당시
가난 때문에 마을의 청년이란 너도나도 서울 공장에 취직하러 갔다.
형님들이 초등학교만 마치고 돈 벌러 상경해서 자리를 잡자 그 덕
분에 일찍 창경원과 남산에도 가보았다. 중학교 졸업이 다가왔으
나 가정 형편상 인문계에 갈 수가 없어 고민하다가 결국은 국비라
는 이점 때문에 철도학교가 있는 서울로 튄 것이 철길인생의 시작
이었다.

졸업 후 철도청에 임용되면 손수 벌어 대학에 다니고 고시 합격하여 집안을 재건하겠다고 밤늦게까지 도서관에서 이를 악물었다. 아뿔싸! 19살 나이에 첫 발령을 받은 곳이 생면부지의 강원도 영월군이었다. 주경야독의 꿈은 여지없이 무너지고 대학도 없는 곳에서 좌절의 늪에 빠졌다. 더군다나 군 복무 후 다시 발령받은 곳은 태백시 철암역인데 새까맣게 쌓인 석탄더미에 꿈도 갇혀 버린 듯했다. 얼마간 방황의 늪에 빠져 허우적대다 시간이 지나면서 감추어졌던 방랑벽이 요동쳤다. 틈나면 기차 타고 지역을 탐방하고 자전거 타고 낯선 길을 달리며 여행에 눈뜨게 되었다. 30살에 영주지방청으로 옮겨 경북·충북·강원도 철도를 관리하는 업무를 하면서 지방을 구석구석 알게 되고, 2001년에 정동진 역장에 부임하면서 전국 최대 해돋이명소 신드롬을 경험하며 철도 관광의 위력을 체감했다. 아프신 어머니를 모시고자 25년 만에 귀향하여 목포역장을 하면서 관광객 유치에 노력하던 차에 2012년에 남도해양 관광단장을 맡으면서 순천·여수를 중심으로 목포~통영까지 관광지와 철도를 접목시키는 관광 활성화에 애썼고, 마침내 S-트레인을 성공리에 개통시켰다.

경상도와 전라선을 잇는다 하여 명명된 경전선은 1968년에 개통되어 2천 년 동안 지리산과 섬진강으로 막혔던 두 지역을 편리하게 연결시켰다. 이후 남해안 고속도로 개통으로 철도 역할이 낮아졌다가 다시금 진주까지 KTX가 운행되면서 각광받게 되었다. 다만 아쉬운 것은 경전선 중에서 광주~순천 간은 89년 동안 선형을 한 번도 개량하지 않아 낙후 노선이 되었다. 그런 바람에 이 구간에 옛 간이역들이 보존되어 남평역이 등록문화재 299호, 원창역이 128호로 지정되었고 능주·명봉·벌교·득량역은 아름다운 간이역으로 소문이 났다. 이외에도 전라선에 서도·곡성·율촌역과 장항선에 임피 간이역이 근대 역사를 간직하고 있어 일부는 관광명소가 되었지만 일부는 활용하지 못하고 있다. '구슬이 서 말이라도 꿰어야 보배다'라는 말처럼 남도 간이역에 다시금 따뜻한 관심을 쏟고 잘 다듬어서 우리 곁으로 되돌렸으면 한다.

최근 고속 철도 개통으로 서울에서 2시간대로 남도에 올 수 있어 기차관광이 쉬워졌다. 이제 더 이상 비 내리는 호남선이 아닌, 골드러시 호남선으로 지역의 효자가 되었다. 알알이 박힌 간이역을 빛나는 보석으로 재탄생 시키고 KTX 개통을 지역 발전의 호기로 삼자는 일념으로 몇 년간 기고한 글을 이번에 한 권으로 엮었다. 그간 기고를 실어 준 전남일보, 무등일보, 남도일보, 광주매일신문, 광남일보, 전남매일신문, 목포투데이, 나주신문, 나주투데이, 강진신문, 대동문화에 감사드리며 또한 남다른 예술적 감각으로 동생의 삽화를 도와준 큰딸 박하예슬과 간이역을 멋지게 그려주고 글을 편집해 준 딸 박하예린, 사진으로 도움을 주신 김동민 명봉명예역장님, 곁에서 힘내도록 용기를 준 아내 박미숙과 딸 박수린, 박소연에게도 고마움을 전한다. 또한 추천사를 써 주신 서울대 오종남 명예교수님, 김동률 서강대 MOT대학원 교수님, 박관서 시인님, 아낌없이 지원해 주신 정구용 광주본부장님과 영업처 직원 모두에게 깊이 감사드린다.

　기찻길은 사람과 물자를 이동시켜 하나로 묶어내는 기적을 만든다. 남북화해와 더불어 남도에서 출발한 기차가 러시아, 중국, 몽골을 거쳐 유럽까지 갈 날을 기원하면서 이 책이 조금이라도 보탬이 됐으면 한다.

저자

박석민 (코레일광주본부 영업처장)

＊　＊　＊　＊

　나는 아버지 직업의 특성상 초등학교 6년 동안 총 5개의 학교를 다녔다. 그럼에도 내가 낯선 환경과 낯선 사람들에게 자연스럽게 녹아 들어갈 수 있었던 것은 바로 그림 덕분이었다. 미술 시간만 되면 나는 단숨에 인기스타가 되었고 이를 계기로 하나둘씩 친구들을 사귈 수 있었다. 그때부터 그림이란 내 삶에서 떼어놓을 수 없는 일부가 되었다. 나와 타인을 이어주는 존재였던 그림이, 이제는 글과 독자분들을 이어주는 끈이 될 수 있음에 감사한다.

삽화 및 디자인

박하예린 (서울과기대 시각디자인과)

먼저
읽어 보고
—

　철도인 박석민 역장과의 인연은 2010년 그분이 두 번째 목포역 장으로 근무하던 시절 시작된 것으로 생각된다. 붙임성이 뛰어난 그분은 처음 만난 내게 마치 오랜 친구처럼 살갑게 철도 여행의 좋은 점에 대해 설파했다. 그분의 이야기에 푹 빠진 나는 방금 나에게 이야기한 내용을 책으로 펴내면 어떻겠느냐는 의견을 냈다. 그러자 그분은 그렇지 않아도 칼럼을 꾸준히 쓰고 있는데 언젠가 모아서 책으로 펴낼 생각을 갖고 있다고 말했다. 그 후 한참의 세월이 흐른 뒤 2018년 박석민 역장은 이제 책을 펴낼 준비가 되었다고 말하면서 내게 추천사를 부탁했다. 당초 철도인 박역장의 스토리텔링에 반했던 나는 글로도 훌륭하게 쓰여진 초고를 읽으며 기쁜 마음으로 추천사를 쓰기로 했다.

　박석민 역장과 별로 다를 바 없는 시골 출신인 나는 어렵게 자라면서 경치는 사진으로 보면 되지 뭐하러 굳이 구경을 다니는지 이해가 안 된다는 무지몽매한 생각을 한 적이 있다. 고향인 전북 고창에서 서울 나들이를 하려면 반드시 거쳐야 하는 인근 정읍에 있는 내장사를 구경하기까지 많은 세월이 흘렀다. 공무원을 시작한 후 출장은 참 많이 다닌 편이나 업무 이외 관광을 해본 기억은 별로 없다. 뒤돌아보니, 나중에 여유가 생겨서 관광을 다니기 시작한 후에도 사진 찍느라 바쁜 단체 관광이 대부분이었다.

내 나름 관광과 여행의 차이를 생각하게 된 것은 그리 오래되지 않았다. 다른 지방의 풍경, 풍습, 문물 따위를 구경하는 것을 관광이라고 한다면, 여행은 관광에 더해서 나를 돌아볼 수 있는 시간을 갖는 것이라고 생각한다. 박 역장은 단순히 경치를 구경하기 위해 떠나는 '관광'이 아니라, 철도를 타고 풍경과 함께 역마다 지닌 유래나 특징도 즐기면서 여유를 갖고 나를 돌아보는 시간을 갖는 '여행'을 권장한다.

이 책은 직접 여행을 가지 않고도 간접 경험을 통해 나를 돌아볼 시간을 가질 수 있게 도와주는 책이다. 여유가 있어 남도 철도 여행을 계획하는 분에게는 여행 길라잡이로 매우 유용한 책이다. 유홍준의 『나의 문화유산답사기』를 손에 들고 여행하는 사람과 그렇지 않은 사람이 느끼는 감정이 다르듯이, 박석민 역장의 『기차에서 핀 수채화』 책자를 손에 들고 여행하는 것과, 그렇지 않은 여행은 그 느낌이 확실히 다르리라고 생각한다. 어느 쪽이든 남도 철도 여행에 관심을 갖고 있는 사람에게는 이 책을 강력히 추천하는 바이다.

| 오종남 (서울대 과학기술최고과정 명예주임교수)
『 당신은 행복하십니까? 』 저자

기차는 8시에 떠나네

사랑하는 사람이 그렇듯, 남자끼리도 정이 드는 경우가 있다. 박석민 역장이 그런 사람이다. 그런 그를 나는 '박호걸'이라 부른다. 십여 년 전 코레일 자문 교수로 목포역 방문길에 처음 만났다. 그날 이후 나는 그가 풍기는 인간적인 호감에 빠져들게 된다. 그는 쇠 냄새가 풀풀 풍기는 철도인임에는 틀림없지만 아이러니하게도 상당히 르네상스적인 인간이다. 사람에게 소탈하게 다가가는 그의 노력은 가히 돋보이고 또 독보적이다. 그가 가끔씩 전해 오는 글이나 근황은 나로 하여금 가만히 웃음 짓게 한다. 당시 목포 시가지가 모두 제 것인 양 자랑스럽게 설명하는 모습에서 지역을 무척 사랑한다는 느낌을 받았다.

박 역장은 19살 어린 나이로 코레일^{당시 철도청}에 입사한 이래 35년 가까이 강원, 경북, 충북 등 여러 곳에서 철도인으로 살아 왔다. 목포역 CEO 당시 지역 관광에 이바지하려는 모습에 언론 홍보학을 전공한 교수로서 뭔가 도움을 주고 싶었다. 이후 그가 발표한 글을 보고 의견을 주고받으며 남자들 간의 끈끈한 정리를 다져 왔다.

그는 주위 사람들을 따뜻하게 하는 휴머니스트이자 로맨티스트다. 문화적 감각도 뛰어나다. 목포 역장 시절, 기차가 플랫폼에 도착할 때면 구성지게 들려오는 이난영의 '목포의 눈물'과 '목포는 항구다'는 그의 작품이다. 난영의 고향 '목포'에 왔음을 실감케 하는 절창들이 철길을 따라 울려 퍼질 때쯤이면 나그네는 잠깐 동안 우수에 젖게 된다. 몇몇 승객은 역장실로 찾아와서 눈물 나게 고맙다고 인사를 하고 갔다. 그뿐만 아니다. 나주 역장으로 근무할 때는 나주 출신 유명 작곡가 안성현 선생이 소월의 시에 곡을 붙인 '엄마야 누나야'를 들려주어서 주민들의 찬사를 받았다.

기차에 관한 노래도 많다. 일찍이 아그네스 발차의 '기차는 8시에 떠나네'가 세계인에게 기차가 주는 그리움을 노래했었다. 이 땅에서도 철마는 희로애락의 한국 현대사와 함께 했다. 비 내리는 호남선, 대전 부르스, 이별의 부산정거장, 고향역, 춘천 가는 기차, 고래사냥, 기차와 소나무, 남행열차 등이 개발 시대 한국인들을 울렸다. 언젠가 그는 나훈아의 '고향역'에 얽힌 아픈 사연이 있다고 말했다. 어린 나이에 머나먼 객지로 발령받아 힘들 때마다 노래방에 가서 '고향역'을 목놓아 부르면서 병으로 고생하는 부모님 생각에 눈물지었다고 한다.

박 역장은 지역 철도에 관한 글을 많이 발표했다. 곽재구의 절창 '사평역에서'의 실제 모델인 문화재급의 간이역 남평역에서부터, 원창역, 율촌역을 비롯하여 테마역으로 유명한 명봉역, 능주역, 구례구역, 벌교역 등에 얽힌 스토리를 인문학적 관점에서 재미있게 풀어쓴 글은 가히 감칠맛이 난다. 호남고속철도가 개통되자 KTX 를 잘 활용하여 지역 발전을 꾀하자고 주장하던 칼럼들을 보면서 응원의 박수를 보냈다. 이 책은 그동안 박 역장이 발표했던 글들을 엄선해 모았다. 이 책으로 말미암아 경전선 등 지선들의 숨겨졌던 간이역들이 재조명 받고 나아가 지역특화 철도관광벨트로 개발되어 지역이 살찌는 계기가 될 것임이 분명하다. 우리는 이 책을 읽으며 많이도 지나가 버린 그리운 그 모든 것들을 추억하게 될 것이다.

｜ 김동률 (서강대 MOT대학원 교수·언론학)

남도 철도 관광 르네상스를 이끄는 전도사 이야기

남도의 유서 깊은 한옥 고택인 구례 운조루의 뒤주에 씌어 있는 타인능해他人能解라는 글귀가 생각난다. '누구나 쌀뒤주를 열 수 있다'는 뜻의 타인능해는 운조루의 주인이 가난한 이웃들에게 베푸는 조건 없는 선의였다. 아니 그보다는 '타인능해'라는 글귀 앞에 이어지는 '사인여천事人如天', 곧 사람을 하늘처럼 여기는 정신의 발현이라고 하겠다. 이처럼 자기가 지닌 것을 풀어서 능히 남과 함께 나누는 정신은 물론 이를 실천하는 모습들이 추천평을 쓰기 위해 펼쳐든 책의 원고 편편이 가득해서 보기에 좋았다.

외형적으로 친숙한 철도는 사실 이용객들에게 한정된 영역을 조금만 벗어나면 위험하고 복잡하기 그지없는 프로세스로 이루어져 있다. 조금의 실수나 안일이 사고로 이어지기 마련이다. 또한 점과 점을 선으로 이어서 공간을 만들고, 다시 그 공간과 공간을 이어서 더 큰 공간을 만들어 다시 또 다른 공간으로 창출해내는 특성을 지닌 철도를 일반인들은 쉽게 이해하기 어렵다.

하지만 스스로 만들어 낸 신조어인 트레인 텔러 Train Teller 곧 기차 이야기를 발굴하여 스토리텔링하며 이를 기차 여행 프로그램에 접목하는 사람을 자처하는 박석민의 『기차에서 핀 수채화』는 이를 말끔히 씻어준다.

이 책은 철도에 대한 역사와 문화 그리고 일반적인 기능은 물론 사회적인 역할까지 샅샅이 훑고 있다. 또한 그러한 철도 이야기들이 결국 우리의 몸이 담겨 있는 호남선, 전라선, 경전선 등 남도 철도의 의미와 가치를 조명하는 데 뒷받침되고 있다. 물론 이는 성큼 다가와 있는 관광 문화 콘텐츠 시대에 걸맞은 지역 발전의 동인이자 매력적인 역할 요인으로서의 철도 르네상스 시대를 염원하고 있기에 가능한 가슴 찡한 대목이기도 하다.

"버스, 승용차로 관광 오신 분은 쓰레기를 남기지만 기차로 오면 돈을 떨어뜨리고 간다"는 본문 대목 역시 실제 우리 사회에서 이뤄지는 교통 현실을 제대로 짚어낸 말이면서 동시에 철도와 지역에 대한 애정이 기막히게 듬뿍 담긴 말이다.

그가 이러한 역할을 자처하는 이유는 사인여천 타인능해의 정신이라고 앞에서 짚어 보았다. 하지만 사실 이보다 더 깊은 생래적인 이유가 있음을, 그와 철도 학교 동창인 필자는 언뜻 짐작하고 있다. 일반적인 공채가 아니라 철도 학교라는 전문 과정을 통하여 십대의 어린 나이에 철도에 입문하여 50대를 넘어가는 철도인으로서의 소명 의식이 이를 가능하게 했을 터이다.

물론 이러한 소명 의식은 일반적인 직장인들이 지니기 마련인 세속적인 욕망과는 좀 종류가 다른 그의 개인적인 특질과 연결되어 있음을 조심스럽게 주장해 본다. 철도 직원으로 근무하면서도 끊임없이 공부하고 사유하고 새로운 사람들을 만나 관계하면서 관광, 여행, 문화, 역사, 경제, 사회 등을 철도와 접맥하여 지역을 활성화시키는 일에 매진하고 있음이 이를 증명한다.

개인의 자유와 특성이 최대한 억제되어 조직 목표를 향해 치달리도록 구조화되어 있는 철도의 현실은 물론 아직도 근대적 방식을 크게 벗어나지 못한 우리 사회의 일반적인 문화 코드로는 사실 쉽게 이해되지 않는 방식이다. 하지만 어떤 조직이나 공동체에 묶여 있는 방식으로서의 소명 의식이나 역할이 아니라, 개인의 자유와 특성을 우선하여 창의적인 결과로 발휘되는 성과들은 실제 남도해양 관광 열차인 S-트레인을 비롯하여 최근의 전라도 하나로 패스 등의 결과로 이어지고 있음을 책에서 구체적으로 확인할 수 있다.

그러한 점에서 그는 미래의 철도인 상을 구현하는 선구자적인 역할 모델을 제시하고 있다고 할 수 있겠다. 물론 이보다 중요한 것은 전문적인 학술 용어나 철도 전문어가 아니라 일반인들이 알기

쉬운 내용과 방식으로 이루어진 책의 매력이다. 행복을 부르는 뜻이 담겨있다는 역驛에 대한 해자풀이는 물론 각 역명이 지닌 음차와 어의까지 동원하여 진행되는 흥미로운 스토리텔링은 철도에 대한 대중들의 새로운 관심을 끌어내기에 충분하다고 여겨진다.

책은 여기에 그치지 않고 남도 각 지역의 문화관광콘텐츠 현황을 파악함은 물론 가까운 일본에서부터 멀리 스페인까지 세계의 현장을 다니면서 새로운 대안과 지향점을 모색하여 제시하고 있다. 그러한 점에서 그는 남도의 철도 르네상스를 이끄는 전도사라고 할수 있겠다.

모쪼록 창의적인 모든 것들이 그렇듯이 이번 책의 발간을 계기로 더욱 확장된 새로운 세계로 이어지기를 기대하면서 두서없는 졸필을 마친다. 거듭 축하하며 거듭 건필을 기대함은 물론이다.

| 박관서 (시인, 광주전남작가회의 회장)

목차

제1부. 간이역에서 숨은 진주를 캐다

제2부. KTX, 남도 관광의 훈풍이 되어라

제1부.

간이역에서
숨은 진주를 캐다

사람들은 저마다
가슴 속에
간이역 하나씩
안고 산다.

85년 된
구불구불 기찻길을 아시나요

2014. 9. 1. 무등일보

아이를 키우면서 자주 불러 주던 동요 중에 '기찻길 옆 오막살이'
가 있다. '기찻길 옆 오막살이 아기아기 잘도 잔다. 칙~폭 칙칙폭
폭 칙칙폭폭 칙칙폭폭 기차소리 요란해도 아기아기 잘도 잔다.' 이
동요는 1947년에 발표되었는데 해방 직후의 어지러운 사회에서도
아랑곳하지 않고 무럭무럭 자라나는 어린이의 사랑스런 모습을 잘
표현한 노래이다.

얼마 전에 풍금역장으로 유명세를 타고 있는 보성 득량역에서 이
노래를 풍금역장 반주에 맞추어 '해랑' 기차 여행객들과 합창을 했
는데 할머니들이 얼마나 좋아하시는지 손뼉을 치면서 기뻐하셨다.
어떤 할아버지는 기찻길 옆 동네는 애들이 유달리 많다는 증명되
지 않은 유머를 던져 일행을 웃기기도 하였다.

제1부. 간이역에서 숨은 진주를 캐다 | 23

옛날 증기 기관차는 요란한 굉음을 내며 구불구불한 철길을 운행하느라 꽤나 시끄러웠다. 거기에 레일은 20m마다 이음매로 연결되었으니 이곳을 지날 때마다 덜커덩 소리가 크게 나 새벽녘 단잠을 깨우곤 했다. 허나 지금의 철길은 300km 속도로 달리기 위해 레일 이음매를 용접하였기에 미끄러지듯 달리니 옛날에 듣던 소리를 듣기 어렵게 됐다.

요즘은 선로를 직선으로 개량하여 뱀이 기어가듯 'S'형의 구불구불 철길이 남아 있는 곳은 몇 군데 안 되는데 정선선, 영동선, 경북선 등 일부가 남아 있지만 그중 가장 타 볼 만한 곳이 경전선 광주~순천 구간이다.

이곳은 '광려선'이란 명칭으로 일본 강점기 시대에 일본 자본가에 의해 1930년 12월 25일 개통되었다. 호남의 중심지 광주와 남해안 여수를 연결하여 여수항에서는 일본 시모노세키까지 여객선이 운행되었다. 이런 광려선은 얼마 후에 총독부가 강제로 인수하여 식민지 수탈의 도구로 사용하기도 했다.

광려선은 광주를 출발하여 화순, 능주, 보성, 벌교, 순천을 거쳐 여수로 연결되었다. 당시에 직선으로 건설하기엔 투자비가 많이 들어 산을 휘감고 강을 따라 구불구불 기찻길을 깔았는데 현재까지 개량하지 않아 선로 원형이 그대로 남아 있다. 재미있는 것은

▲ 황금들판을 달리는 낭만의 관광열차

역 건물 중에 원창역_{순천시 별량면}과 율촌역_{여수시 율촌면}은 지은 당시대로 보존되어 등록문화재가 되었다는 점이다. 그 외 역들은 6.25 한국전쟁 때 파괴되고 이후에 재건축되었다. 그중에 볼 만한 곳은 남평역_{나주시 남평읍}, 능주역_{화순군 능주역}, 명봉역_{보성군 노동면} 등이다.

뭐니 뭐니 해도 경전선의 별미는 기차를 직접 타보는 재미이다. 천천히 가는 곳은 30km, 대부분은 60km 정도의 느린 기차가 되어 버렸으니 요즘처럼 빠른 시대에 가끔은 슬로우^{Slow}로 가는 경전선 기차는 과거를 거슬러 가는 타임머신이 되었다. 특히 봄에는 철길 옆 흐드러지게 핀 진달래 사이로 슬금슬금 기어가는 뱀을 볼 수

있으며, 초여름엔 득량만 청보리밭 물결을 보고 풀쩍 뛰어내리고
싶고, 가을이 되어 계단 논마다 출렁이는 황금 들녘을 보노라면 농
군의 수고와 땀방울에 절로 가슴이 찡해 온다.

　경전선 기찻길은 평야, 강, 고갯길을 넘어가는데 그중에 백미라
면 단연코 능주역 인근 영벽정映碧亭과 이양역 못 미쳐 송석정松石亭
을 감아 도는 지석천을 꼽을 수 있다. 유명한 동요 '엄마야 누나야
강변 살자'를 연상케 하는 지석천의 수려한 암벽과 맑은 강물을 보
노라면 기차를 세워서라도 누각에 쉬어가고픈 충동이 생기는 곳이다.
또한 멋진 산세로 득량역에 들어갈 때 보이는 오봉산 칼바위, 보성
가는 기러기재에서 본 산골 풍광도 볼 만하다. 이외에도 경전선 기
찻길에는 여수, 순천, 보성의 산물을 광주로 실어 나르던 아낙네의
애틋한 사연도 멋진 풍광 못지않게 많다.

　요즘같이 빠른 시대에 가끔은 광주에서 순천까지 2시간 남짓 느
릿하게 운행하는 경전선 기차를 타고 85년 전 추억으로 되돌아 가
보면 마치 수십 년 친구를 만난 듯 색다른 추억 여행이 될 것이다.

〈 경전선 지도 〉

서울쪽
군산쪽 ← 익산역

호남선

전라선

정읍역

전라북도

백양사역

남원역

곡성역

경상남도

광주역

구례구역

진주역

광주송정역

① 남평역
② 화순역
⑤ 능주역
⑥ 원창역

하동역

순천역

나주역

목포역

④ 명봉역
경전선
⑤ 벌교역

율촌역

보성역 득량역

전라남도

여수엑스포역

기차역에도
소쇄원이 있을까

2017. 6. 23. 전남일보

곡성 출신 황지해 작가의 '해우소 가는 길'이 2011년 영국 첼시 플라워쇼에서 금메달을 수상하면서 세계의 이목을 끈 적이 있었다. 영국에서는 정원 박람회가 올림픽에 버금갈 정도로 인기 있고 정원이 가문의 전통과 품격을 가늠한다. 우리도 국민 생활이 격상되면서 아파트, 공원, 주택에서 멋진 정원을 가꾸는 등 관심이 높아졌고 순천국제정원박람회가 개최되어 많은 관광객을 불러들이고 있다.

남도에는 500년 동안 국내 민간 정원 중에서 최고의 칭송을 받는 '소쇄원'이 있다. 담양에 위치한 이곳은 교외의 동산과 숲의 자연스런 상태를 그대로 조경 대상으로 삼아 적절한 위치에 인공적인 조경을 삼가면서 계곡 옆으로 정자를 절묘하게 배치하여 자연에 순응하는 멋진 정원을 만들었다.

　최근 기차역 중에도 소쇄원이 있다는 사실이 밝혀지고 있다. 나주시 남평읍에 위치한 남평역(南平驛)이 전문가에 의해 정원이 아름다운 역으로 평가받고 있다. 사실 오래전에 역을 세울 때는 경제가 어려워 역사(驛舍)만 달랑 세웠던 터라 역무원들이 손수 땀 흘려 나무를 심고 화단을 만들어야 했다. 그렇게 만들어진 옛 역들이 현대에 와서는 선로가 직선화되고 신역사가 생기면서 사라지고 있어 안타깝다. 다행히 경전선 철길만이 87년 동안 원형 그대로 남아 남평역, 능주역, 명봉역, 득량역 등에서 정겨운 옛 모습을 볼 수 있다.

　특히 '전국에서 가장 아름다운 간이역'으로 불리는 남평역은 생길 때 특별한 사연이 있었다. 당초 철길을 광주에서 남평을 거쳐 능주 쪽으로 직결하려 했으나 화순탄광이 발견되면서 급히 왼쪽으로 틀어 화순으로 돌아가게 되었다. 영동선 춘양역은 경복궁을 만들 때 쓰는 춘양목이 나는 곳으로 유명한데, 최초에 철길이 거치지 않도록 되어 있었지만 국회의원이 억지를 써서 철길을 끌어들인 덕분에 '억지춘양'이라는 재밌는 고사가 생겼다고 하는데, 남평역과 비슷한 예라고 볼 수 있다. 철길이 산모퉁이를 따라 활처럼 휘다 보니 평지에 역을 만들 공간이 부족하여 철길 아래 경사면에 역사를 지었다. 이래서 기차에서 내려도 역사가 안 보이고, 역사에서도 승강장이 안 보이는 구조가 되어 전국 역 중에서 오직 남평역만

이 지닌 특이한 형태이다.

　역무원들은 서로 떨어진 역사와 승강장 사이 경사진 빈 공간에 마치 소쇄원처럼 자연스럽게 정원을 꾸미기 시작했다. 통행로 옆에 하나둘씩 나무를 심고 바위를 살리면서 사이에 꽃을 심었다. 세월이 흐르면서 남도의 갖가지 수목들이 가족처럼 모이게 되었다. 벚나무, 전나무, 은행나무는 큰형님처럼 듬직하고 또 호랑가시나무, 꽝꽝나무, 향나무, 노송나무, 큰버찌나무, 배롱나무는 쾌활한 동생 같으며 감절대, 가시오가피, 차나무, 수국, 목단, 백정화, 화살나무, 작은잎사철, 개나리, 무늬둥글레 등은 귀여운 막내 같다.

　서서히 옛것이 사라져 가는 때에 소쇄원의 가치가 빛나듯 얼마 남지 않은 간이역을 대표한 남평역 정원도 그 진가가 드러나 남도 보물이 될 것이다. 녹음이 우거진 유월에 꼭 한번 남평역에 가서 철길과 정원에 흠뻑 빠진다면 어느새 우리도 자연과 하나가 되지 않겠는가.

▲ 정원이 아름다운 남평역

2017. 8. 10. 무등일보

"진도에서는 거리의 개도 그림을 물고 다니고, 화순에서는 지폐를 물고 다닌다"라는 우스갯소리가 있다. 진도는 남화의 대가 소치 허련 집안이 5대째 화맥을 이어가며 많은 예술가를 배출하였고, 화순은 교과서에 대표적인 탄광지로 나왔듯이 노다지가 터지면서 호황을 누렸다.

화순역은 1928.3.1일에 광려선^{광주~여수}이 개통되어 영업을 개시하였다. 1934년에 광산이 개발되면서 8년 후 광업소까지 11.1km의 복암선 철도가 부설되어 본격적으로 석탄을 실어 날랐다. 다시 1955년에 거대한 새 탄맥이 발견되어 전국을 흥분시켰는데 당시 동아일보는 "지금 탄맥을 훨씬 능가하는 보유량과 품질을 가진 새로운 탄맥을 수 개 발견하였는데 그곳마다 2백여만 톤 규모로 놀랄 만한 것이다."라고 보도하였다. 이로 인해 화순은 엄청난 호황을 누리면서 광산 종사자가 5,000여 명에 달하여 월급날에는 읍내가 들썩였다.

▲ 삿갓솔 어우러진 화순역

필자는 농촌 태생이라 광산촌은 전혀 생소한 곳인데 우연히도 1983년도에 강원도 태백선 연당역으로 첫 발령을 받았다. 이곳은 면소재지 역으로 일간 50명이 이용하고 500톤의 석탄을 발송하는 곳이다. 하루 업무로 10량의 화차에 석탄을 적재시켜 서울로 보내는데 6량의 화차는 페이로다로 쉽게 싣는데 유독 민간 광산업자에 배정된 화차 4량은 20여 명의 작업원이 시커먼 석탄을 뒤집어쓴 채 삽으로 실었다. 껌벅이는 눈을 제외한 온몸이 검둥이가 되어 안타까운 마음에 물어본 즉 일부러 작업원의 품삯을 주기 위해 인력으로 한다는 말을 듣고 그분들이 달리 보여 감동의 눈물을 흘렸다. 한국 전쟁 이후 남북 분단으로 생긴 심각한 에너지 부족을 극복하기 위해 주로 석탄, 중석 등 지하자원을 채굴하여 기차로 수송하고 발전소, 공장을 돌리는 데 사용하였으니 철도가 없었다면 매우 어려움을 겪을 뻔 했었다. 정부에서는 영암선, 함백선, 문경선의 3대 산업 철도를 긴급히 건설하였고 계속하여 충북선, 태백선, 영동선 등도 개통시켰다.

호황을 누리던 석탄도 석유, 가스의 보급이 늘어나면서 1989년부터 사양 산업으로 분류되어 폐광을 시작하였다. 30년이 지나면서 화순역은 한적한 역이 되고 복암선 기차도 멈추었다. 북적였던 옛 모습은 사라졌지만 오롯이 화순역의 화려했던 역사를 기억하는 커다란 소나무 한 그루가 승강장을 외롭게 지키고 있다. 밑둥치로부터 줄기가 여러 갈래로 넓게 퍼지는 모습이 엎어진 소쿠리 같아서 반송 소쿠리盤,소나무松 또는 우리말로 삿갓솔이다. 그동안 역을 지켜준 은혜에 보답하는 의미에서 멋진 이름을 지어 주면 좋겠다.

화순은 세계문화유산 고인돌, 와불 운주사, 화순적벽 등 수려한 문화 자원으로 각광을 받고 있다. 바라건대 산업 발전의 주요 에너지원이었던 탄광의 힘겨웠던 역사도 간직했으면 한다. 언젠가는 복암에 석탄 전시관을 짓고 화순역으로 왕복하는 관광 열차를 운행하며 철길 옆으로 배롱나무 꽃길 등을 조성하면 좋을 것이다. 서로 화和하고 하늘의 순리順理를 따르는 화순은 우리의 기억에서 영원하리라.

※ 삿갓솔은 공모에 의해 탄송으로 명명되었다. 탄송(炭松)이란 무연탄이 기차에 실려 나갔던 점과, 나무의 자태 자체도 너무 멋있어서 볼 때마다 탄성을 지른다 하여 붙여진 이름이다.

비단골 능주역 기차 여행 갈까

2017. 7. 26. 남도일보

광주송정역을 출발하여 화순을 들른 기차가 능주역에 도착할 즈음 드들강 옆으로 한 폭의 그림 같은 영벽정이 있다. 이 구간은 경전선 기찻길에서 기차, 강, 정자가 가장 멋들어지게 어우러져 사진 애호가들이 많이 찾아온다. 잠시 후 역에 내려 사방을 보니 풍수에서 극찬하는 비봉포란형[1]을 닮아서 능주역 형세가 아기가 잠자는 요람 같다.

능주는 신라 시대에 능성이라 했는데 그 당시에는 '무덤 陵'이었고, 고려 때 양잠을 많이 하여 '비단 綾'으로 바뀌었으니 가히 아름다운 능주 풍광에 걸맞다고 생각된다. 영산강으로 흘러가는 지석천 구간 중에서 능주에서 남평까지를 드들강이라 부르는데 너른 들판의 젖줄 역할을 톡톡히 하지만 애달픈 사연이 담겨 있다. 강둑을 쌓는

---

1) 비봉포란형 : 풍수지리학상으로 봉황이 알을 품은 형세

데 이상하게도 자꾸 무너지자 숫처녀인 '디들'을 제물로 묻고 난 후 무사히 제방을 쌓을 수 있었다는 전설이다. 드들강 끝자락에는 김소월 시에 남평 출신 안성현 선생이 작곡한 '엄마야 누나야' 노래비가 있어 강의 운치를 더해주고 있다.

능주에 가면 역사적 사건도 되새겨 볼 만하다. 시대를 앞서간 개혁가 조광조가 1519년에 실각하면서 이곳에 유배당하고 한 달쯤 후 중종이 내리는 사약을 받으면서 "임금을 어버이처럼 사랑하였고, 나라를 내 집처럼 근심하였네. 해가 세상을 굽어보니, 충정을 밝게 비추리라"라는 절명시를 지었다. 최근 화순군에서 조광조의 개혁 사상을 계승하기 위해 청소년 아카데미를 개설한다니 반길 일이다.

두 번째로 능주가 목으로 승격한 사건이다. 인조 10년^{1632년}에 이곳이 인조의 어머니 인헌왕후의 성씨인 능성 구씨의 성향이라 하여 현감에서 목사 고을로 승격하면서 능주목이 된다. 이렇게 능주는 중종반정과 인조반정이라는 큰 역사적 사건의 자취가 고스란히 담겨 있다.

세 번째로 능주는 1930년에 경전선이 개통되면서 교통이 좋아졌다. 얼마 후 화순에 탄광이 크게 발견되면서 "강아지도 돈을 물고 다닌다." 할 정도로 호황을 누릴 때 이곳도 호남탄좌 무연탄이 출하되면서 역전에 사람이 들끓었다. 일설에 광부들은 몸속 탄가루를 씻

▲ 철도역 영화 배경,
호로마이를 닮은 능주역

기 위해 삼겹살을 많이 먹었다고 하는데, 지금도 역전에 고기 식당들이 몇 군데 있다.

일본 '철도원' 영화의 배경 홋카이도 '호로마이'역을 많이 닮아 보이는 능주역은 건축 양식도 볼 만하다. 1957년에 지어 옛 모습을 가지고 있는데 당장이라도 대합실에서 난로를 피면 굴뚝에서 연기가 피어날 듯하다. 대합실 입구 기둥과 건물 외관 하부는 서양 근대 건축 양식을 본 따 멋스럽게 만들어져 문화재를 보는 것 같다.

경전선은 간이역 문화의 보고이다. 비단골 능주역을 비롯하여 등록문화재 남평역과 원창역, 드라마 촬영지 명봉역, 추억의 득량역, 꼬막 벌교역 등이 있어 마치 철도 관광 벨트를 연상케 한다. 본격적인 휴가철을 맞이하여 아름다운 드들강, 영벽정, 능주역을 사진에 담고 싶다면 지금이라도 경전선 기차를 타보길 바란다.

봉황 소리 구성진
명봉역

2014. 12. 2. 전남일보

"새 중의 왕은 봉황새요, 꽃 중의 왕은 모란이요,
백수의 왕은 호랑이다."

봉황은 새의 우두머리이자 신비의 새로 알려져 있다. 경전선을
타고 광주에서 내려오다 보면 보성군 초입에 '봉황이 우는 역'이라
는 뜻을 담고 있는 명봉역이 있다. 풍수지리학적으로 봉화 마을 뒷
산 수봉황과 봉동 마을 뒷산의 암봉황이 명봉천을 사이에 두고 서
로 그리워하는 울음소리가 들려오는 형국이라 해서 명봉이라 이름
지어졌다고 한다. 전국 기차역에 '봉鳳'자를 쓰는 곳은 다섯 손가락
에 꼽을 정도이니 가히 상서로운 곳이라 아니할 수 없다.

언젠가 보성 출신 문정희 시인은 명봉역에서 봉황새 소리를 들었다고 한다.

"아직도 은소금 하얀 햇살 속에 서 있겠지/ 서울 가는 상행선 기차 앞에/ 차창을 두드릴 듯/ 나의 아버지/ 저녁노을 목에 감고/ 벚나무들 슬픔처럼 흰 꽃 터뜨리겠지/ 지상의 기차는 지금 막 떠나려 하겠지/ 아버지와 나 마지막 헤어진 간이역/ 눈앞에 빙판길/ 미리 알고/ 봉황새 울어 주던 그날/ 거기 그대로 내 어린 날/ 눈 시리게 서 있겠지요."

봉황은 우는 소리는 퉁소를 부는 소리와 같고, 살아 있는 벌레를 먹지 않으며, 살아 있는 풀을 뜯지 않고, 난잡하게 날지 않으며, 오동나무가 아니면 내려앉지 않는다고 한다. 특히 봉황은 임금의 정사가 공평하고 어질며 나라에 도가 있을 때 나타난다고 하니 하루가 멀다 하고 사고 소식이 전해 오는 요즘 세상이라 봉황 소리가 더 그립다.

봉황처럼 귀한 명봉 마을은 기차가 들어온 후 마을이 커지고 광산이 개발되면서 수십 년간 영화의 세월을 누렸으나, 농촌 인구가 감소하면서 승객이 줄어 2008년에는 역무원이 없는 간이역으로 전락했다. 2003년 한때 인기 드라마 '여름향기'가 상영되면서 빨간 벽돌의 아담한 역사와 광장에 흐드러진 벚꽃 나무의 멋진 풍광이 알려져 사진 마니아들과 주연 배우 송승헌을 좋아하던 일본 한류 관광객이 단체로 찾아오곤 했었지만, 이마저 빛바랜 추억이 되

고 하루 고작 열 명 안팎의 노인들만 이용하는 역이 되었다.

그런 명봉역에 얼마 전부터 봄바람 같은 훈풍이 돌고 있다. 철도가 좋아 기차를 찍으며 경전선을 누비다가 단연 명봉역이 제일 멋있다며 이곳 사랑에 푹 빠진 사진작가가 나타나면서부터이다. 무안 출신의 김동민 사진작가로, 작년부터 자비를 들여 작품 사진을 전시하고 역사를 청소하면서 내 집처럼 가꾸어 왔다. 그래서 코레일은 2014년 11월 12일 그를 정식으로 명봉역 명예 역장으로 위촉하는 뜻깊은 행사를 열었다.

김동민 명예 역장은 임명장을 받으면서 "이용객이 적어 역무원이 없는 간이역이지만 명봉역처럼 아름다운 역이 잊혀 가는 게 안타깝다. 사진 작품 전시 등을 통해 문화 공간으로 조성하여 기차 손님과 지역민들이 행복을 느끼는 장소로 만들고 싶다"고 포부를 밝혀 축하객들의 박수를 받았다. 그의 말대로 명봉역이 봉황처럼 귀한 곳이 될 거란 기대를 해 본다.

최근 코레일은 경전선 간이역에 생명을 불어넣는 작업을 하고 있다. 지역 인구 감소로 경전선 열차가 줄면서 간이역들이 늘어 가지만, 이를 다시금 테마역으로 가꾸어 지역 관광에 새바람을 일으키고자 하는 것이다. 보성군 득량역은 작년만 해도 하루에 20여 명 정도 타고 내리던 작은 시골역이었지만 남도 해양 열차 S트레인을 운행하면서 아름드리 벚나무를 담은 아름다운 정원과 풍금을 치는 역장, 역전 추억거리를 전국에 홍보해 주말에 수백 명이 다녀가는 명소로 탈바꿈하였다.

경전선에는 아직도 옛날 기차역의 정취가 살아있는 역들이 많다. 전형적인 간이역 모양의 등록문화재이자 티월드갤러리로 꾸며진 남평역, 지석강의 영벽정과 멋지게 어우러진 능주역, 태백산맥 문학길이 있는 벌교역 등이 그것이다.

지난 10일 폐선 예정인 경전선 삼랑진에서 순천 구간의 국회의원 11명이 공동 주최한 '경전선 폐선 부지를 활용한 동서 통합 남도 순례길 조성 세미나'가 열려 여론의 지지를 받는 것을 보면 우리에게 시사하는 바가 크다. 85년 된 구불구불한 철길, 느림의 미학,

천천히 가는 기차, 등록문화재 등 특별한 간이역이 많은 경전선 기
찻길은 남도의 보물이다. 코레일, 지자체와 주민들이 힘을 모아 간
이역마다 색다른 테마를 살려 꾸민다면 전국에서 많은 관광객들이
경전선을 찾을 것이다.

벌교역 보성여관서
하룻밤 묵어 볼까

2014. 9. 전남일보

경전선 기차 여행은 느릿느릿 즐겨야 한다. 휙휙 달리는 고속철 시대에 30km/h 기차를 타고 세월을 붙잡는 것도 썩 운치 있다. 당연히 기차에서 내려 관광을 할 때도 싸목싸목[2] 가야 한다. "봄 햇살에 며느리 내보내고 가을 햇살에 딸을 보낸다"는 속담처럼 걸으면서 보약 같은 가을 햇살을 쬐는 것이 좋다. 하루에 30분 이상 햇볕을 쬐면 멜라토닌 호르몬 분비가 잘 되어 숙면할 수 있고 두통, 소화 불량을 예방한다. 1석 2조의 효과가 아닐 수 없다.

가을날 경전선 벌교역으로 떠나 보자. 광주송정역에서 부산, 순천 가는 무궁화호를 타거나, 부산발 '남도해양열차 S트레인'을 이용해도 좋다. 1930년에 처음 기차가 다닌 벌교역은 27년 전에 역

---

2) '천천히(동작이나 태도가 급하지 아니하고 느리게)'의 방언(전남)

사를 한옥으로 웅장하게 지어서 첫인상이 멋지다. 벌교筏橋는 '뗏목 다리'라는 뜻으로 포구에 뗏목을 엮어 다리를 놓은 데서 유래하였다 한다. 원래 낙안군의 변두리 갯마을이었던 벌교는 철도가 개통되면서 급부상했다. 일제가 여수로 이어지는 벌교읍 긴 포구와 광주, 순천, 고흥을 잇는 육로 삼거리를 합하고 이를 철도와 연결시켜 인근 농산물을 수탈하는 교통 요충지로 만든 것이다.

그래서 벌교는 철도와 관련된 이야깃거리가 많다. "벌교에서 주먹 자랑하지 말라"는 말이 있는데, 시장에서 횡포를 부리는 일본 순사를 맨주먹으로 때려눕힌 벌교 청년의 의협심에서 생긴 말이다. 해방 후엔 이와 관련된 또 다른 스토리가 있다. 고흥 출향 인사가 들려준 얘기 한 토막을 보자.
"고흥 사람은 서울 등 외지에 나가서 성공한 사람이 많다. 그 원인은 벌교역이 제공했다. 철도가 없는 고흥에서 서울에 갈 땐 꼭 벌교역에 와서 기차를 타야 했다. 운 나쁘게 깡패들에게 돈을 빼앗기고 주먹으로 얻어터진 뒤에 기차에서 서러운 눈물을 삼키며 반드시 성공해서 돌아와 분풀이를 하겠다는 다짐이 역경을 이기고 성공하게 된 계기다."

벌교 관광은 무엇보다 '태백산맥 문학기행길'을 따라 가는 것이 최고다. 역에서 받은 문학기행 지도를 보고 걷는 길로 2012년 문광부 '문화생태 탐방로 10선'에 선정되었다. '벌교역→보성여관→

구 벌교금융조합→벌교홍교→김범우의 집→소화다리→태백산맥문학관→소화의집→현부자집→중도방죽→벌교역'으로 이어지는 코스로 벌교의 역사를 더듬어 간다면 하루가 족히 걸리는 웰빙 길이다. 그중에서도 백미라면 '보성여관'을 들 수 있다. 벌교역에서 11시 방향 상가 길로 들어가면 10분 거리에 있다. 나는 작년 S트레인 개통식 때 기자단을 인솔하고 갔었는데, 국악공연 등을 하여 워낙 북적여서 제대로 못 보고 못내 아쉬워 1년 동안 틈을 보다가 최근에 다시 찾게 되었다. 들어서는 입구부터 밤색의 오래된 유리문들이 이색적인 느낌으로 다가왔다.

집은 사람이 살아야 제 맛이 난다고 했던가? 들어서면서부터 반기는 김성춘 보성여관 매니저의 포근한 미소가 정겹다. 개량 한복을 입고 빙긋이 웃는 모습이 내 어머니의 젊은 시절을 떠올리게 한다. 입구 오른쪽엔 카페, 왼쪽엔 소극장이 배치되어 실내를 더 넓게 보이게 한다. 특히 1층 전면이 유리문이어서 가을 햇살이 창을 통해 실내 가득히 들어와 바깥 거리를 보면서 차를 즐기는 호사를 누릴 수 있다.

소설 『태백산맥』에서 "토벌 대장 임만수가 벌교에 열흘 정도 머무는 동안 벌교의 지주들은 말할 것도 없고 보성의 지주들까지 남도여관의 뒷문을 드나들었다"며 빨치산 토벌 대원의 숙소로 등장하는 '남도여관'의 실제 모델인 보성여관은 『태백산맥』의 무대 중

정식으로 복원된 최초의 사례이다. 보성여관은 벌교역이 생긴 5년 후인 1935년에 2층 목조 건물로 한식과 일본식을 섞어 지었는데, 해방 뒤에도 한동안 여관으로 사용되었으며 다시 상점으로 바뀌었다가 2004년 등록문화재가 되었고 지금은 '문화유산국민신탁'에서 운영하고 있다.

벌교의 속살을 제대로 맛보는 여행이라면 하룻밤 정도 자면서 남도의 별미를 즐겨야 한다. 역 주변에서 남도 최고의 맛 벌교 꼬막을 맘껏 먹을 수 있다. 한 상 가득 꼬막 음식이 나오는데 쫄깃하게 삶은 꼬막, 노릇노릇하게 부친 꼬막전, 얼큰한 양념을 꼬막에 살짝 얹은 무침과 야채를 썰어 넣고 진하게 무친 꼬막회, 아이들이 좋아하는 꼬막 튀김, 막판 꼬막 시래기 된장국의 진한 맛은 일품이다.

기차를 매개로 하여 사람과 물산이 모였고, 그것을 인연으로 수 많은 인생사가 켜켜이 쌓여 맛과 멋을 발전시킨 벌교는 다시금 우리에게 문학의 고장으로 다가선다. 기찻길에 코스모스가 피어 있고 산들바람이 시원한 이 가을에 한 번쯤은 기차로 벌교를 찾는 기행을 권한다. 꼬막을 먹으면서 좋은 사람들과 즐거운 담소를 나누고 보성여관에서 가을 귀뚜라미 소리를 듣고 싶다면 지금 당장 벌교행 기차를 타 보시라.

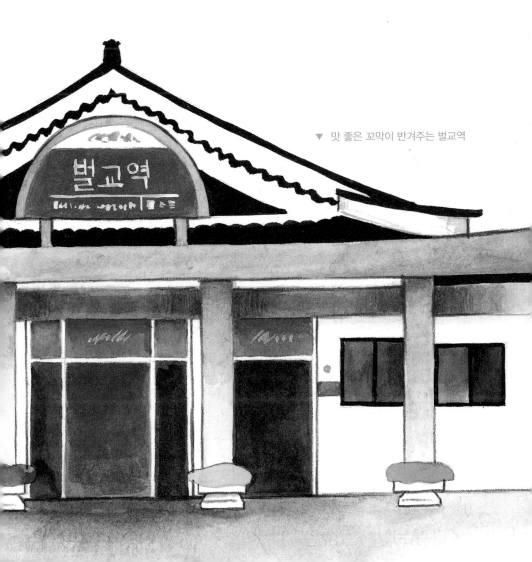

▼ 맛 좋은 꼬막이 반겨주는 벌교역

원창역에
곡식이 가득 찰 때

2017. 8.30. 남도일보

사창역, 남창역, 원창역은 다정한 형제처럼 '창고 창倉'자를 역명에 쓰고 있다. 지리상으로 보면 영산강 하구에 사창, 동해로 흐르는 남창천에 남창, 그리고 순천만에 원창이 있어 각자 떨어져 있지만 우연히도 삼면의 바다 길목에 자리 잡고 있다. 한 가지 더 놀라운 것은 남창역은 105호, 원창역은 등록문화재 128호로 지정되어 오래된 건축미가 볼만하다는 것이다.

 역명에 '창'자가 들어간 곳은 많지 않다. 그중 남창南倉은 남녘의 곡창 지대, 원창元倉은 으뜸 곡창, 사창社倉은 정부 환곡미를 관리하는 물류 창고라는 뜻으로 모두 교통 요충지이자 곡식이 풍부한 고장인데도 불구하고 들리는 어감은 유흥가 같기도 하다. 공교롭게도 사창역은 1985년에 군 대표역으로 육성되면서 무안역으로 이름이 바뀌었다. 최근 원래 자리에 사창역을 복원하고 있다 하니 옛 모습을 볼 수 있을까 기대가 된다.

원창역은 전남 순천시 별량면 동송리 559번지에 있다. 통상 역명을 정할 때 해당 지명을 따르므로 동송역이라 해야 맞는데 원창역으로 정한 것이 특이하다. 철도가 부설될 당시 역 부근에 동송리, 원창리 2개 자연 부락이 있었는데, 주민들이 원창리를 키우기 위하여 그렇게 했다는 이야기가 전해지고 있어 재미있다.

▲ 모임지붕이 아름다운 원창역

원창 역사는 'ㄱ'모양의 목조 건물로 대합실과 역무실이 있다. 상부는 모임지붕이 얹혀 있어 광장에서 보면 3개인데 선로 쪽에서 보면 2개 지붕만 보여 각도를 바꿔 보는 재미가 쏠쏠하다. 이런 건축 양식은 조선 총독부가 전국에 내린 시가지 계획령에 의해 표준 설계로 건립되어 90년 전 당시 특성이 고스란히 남아 있고 학술적 가치가 높다.

일제 강점기 때 지은 역은 목조 건물로 '모임지붕'의 원창역과 '박공지붕'의 남창역 형태가 많고, 한국 전쟁 이후 신축한 것으로는 남평역처럼 변화한 '박공지붕'이 흔하다. 그러나 70년대 이후 지은 역사는 이전과 다른 형태로 중앙에 대합실만 더 높이 올라간 평면형 콘크리트 건물이 많다. 그래서 경전선 역들의 건축 양식만 봐도 어느 시대에 지었는지 짐작할 수 있다.

원창역을 비롯한 많은 역들이 연결된 경전선 선로는 'L'자형이다. 광주에서 화순, 보성까지는 남쪽으로 쭉 내려오다가 보성 읍내를 돌아 동쪽 순천으로 간다. 그런데 이 모양은 바로 호남 정맥과도 일치한다. 호남 정맥은 장수 주화산에서 시작하여 내장산, 백암산, 추월산, 무등산, 제암산까지 남으로 뻗었다가 장흥 사자산에서 동으로 머리를 돌려 조계산, 백운산으로 간다. 기찻길도 호남 정맥 옆을 따라가니 부창부수처럼 참으로 정겹다.

남도의 기상을 담은 호남 정맥은 하늘에서 내려온 용이 태평양을 향해 동으로 용트림을 하는 형상이며 원창역은 목 부분에 위치하고 있다. 목이야말로 음식이 내려가는 부위인데 곡창 지대 원창역이 자리하고 있으니 용이 살찌는 데 딱 제격이다. 웅비하는 용처럼 원창역에 곡식이 넘쳐나고 사람들이 많이 찾는 관광지가 되었으면 좋겠다.

전국 가장
인심 좋은 구례구역

2014. 10. 28. 전남일보

일찍이 공자는 "마을 사람들의 인심이 착한 곳이 좋다. 착한 사람들이 많이 사는 곳을 가려서 살지 아니하면 어찌 지혜롭다 할 수 있으랴?"라고 권했다. 누구든지 인심 좋은 곳에서 살고 싶고 또한 가 보고 싶어 한다. 그런 뜻에서 전국 기차역 중에서 가장 인심 좋은 곳이 어디냐고 묻는다면 나는 망설이지 않고 '구례구역'이라 말하고 싶다.

구례구역은 구례求禮로 들어가는 입구口라는 의미를 담아 지었는데 1936년에 개통되어 지역 주민의 관문 역할을 할 뿐만 아니라 인근 화엄사, 천은사 등의 유명 사찰과 지리산 국립 공원을 찾는 관광객이 많아지면서 유명해졌다. 2011년부터 KTX가 운행되면서 서울서 오기가 더 편리해졌다.

제1부. 간이역에서 숨은 진주를 캐다 | 53

구례구역은 행정 구역상 전남 순천시 황전면 땅이다. 역은 순천시에 속한 마을인데 웬일인지 역 이름은 강 건너 구례군의 이름을 쓰고 있다. 철도로는 익산에서 분기한 전라선이 여수로 가는 도중에 섬진강 오른쪽에 붙어 있는데 구례군에는 전혀 들어가지 않는다. 역은 순천 땅이라도 역 이름은 이웃 동네 구례군의 이름을 쓰게 한 것은 전국 어디에도 선례가 없다. "하늘의 뜻을 따라 산다"라는 뜻의 순천인은 역명조차도 이웃에 양보할 줄 아는 미덕을 가지고 있으니 이보다 더 후한 인심이 어디 있을까?

이런 구례구역에 순천인의 인심과 애정을 자랑할 또 하나의 명물이 있다. 바로 '억' 소리 나는 홍송紅松 한 그루가 있는데 억대를 호가한다. 붉은색 줄기도 좋지만 생김생김이 기기묘묘하여 보는 사람들로 하여금 감탄사를 연발하게 한다. 밑에서부터 두 그루 소나무가 붙어 자랐는데 아래쪽에서 8개로 갈라지고 위쪽에선 25개 가지로 넓게 펼쳐져 마치 우산을 편 듯 우주를 떠받치고 있다. 더 재미있는 것은 왼쪽 나무는 여성적 이미지로 1,3,5로 갈라졌고 오른쪽 나무는 남성적으로 1,5,9개의 가지로 펼쳐져 마치 오른쪽 나뭇가지가 왼쪽 나무를 껴안고 있는 형상이다. 나무 하나도 막 자라지 않고 사랑을 머금고 자라난 것이 인심 좋은 순천인의 심성을 나타낸 듯하다. 역무원들도 소나무를 애지중지 가꾸고 있으며 조만간 '연인 소나무'라고 이름 짓는다고 한다.

  인심 좋은 구례구역에 내리면 참으로 갈 곳이 많다. 한옥 모양의 멋진 역에서 나오면 바로 앞의 맑은 섬진강을 볼 수 있다. 섬진강 변을 뱀 기어가듯 따라가는 자전거 길은 전국에서 제일 멋지다며 MTB 동호인들이 칭송한다. 여기서 여행을 시작하면 '섬진강 시인'으로 유명한 김용택 시인의 고향 진뫼 마을로 올라가거나 반대로 하동포구를 지나 광양 바다까지 내려갈 수 있다. 그다음 관광 코스는 단연 '백의종군길'이다. 난중일기에 나오는 이 길은 순천시 서면 선평리에서 황전면 구례구역까지 25km 구간으로 잘 꾸며져 있어 체험 삼아 걷는다면 최근 영화 명량에 나온 이순신 장군의 '승리를 위한 고뇌'를 느낄 수 있을 것이다.

  다음 인근 명소로 '사성암'을 들 수 있다. 구례구역에서 보면 멀리 산 중턱에 가물가물하게 우뚝 솟은 암자가 보이는데 500m 높이인 그곳에서 구례 황금들녘과 굽이굽이 섬진강을 보노라면 가슴 속 체증이 다 내려갈 정도이다. 사성암은 원효, 의상, 도선, 진각 등 4명의 고승들이 수도했다 하여 붙은 이름이다.

　구례구역은 지리산 관문 역할을 톡톡히 하는데 마침 올해는 정부에서 정한 '지리산 방문의 해'인지라 방문객이 늘고 있다. 연초부터 지리산권 7개 시군이 모여서 관광객 유치에 노력하고 있는데 7품7미를 선정하고 코레일과도 연계해 수도권에서 당일 또는 1박2일로 여행할 수 있는 상품을 운영하고 있다.

　바야흐로 10월도 막바지로 다가서고 있다. 설악산에서 시작한 단풍이 남쪽으로 내려와 얼마 후엔 지리산을 단풍 천국으로 만들 것이다. 아름다운 이 가을에 전국에서 가장 인심 좋은 순천 사람을 만나고, 기찻길 옆 '연인 소나무' 밑에서 사랑을 고백하고, 사랑보다 더 붉은 지리산 단풍에 온몸을 물들이고 싶다면 지금 당장 전라선 기차를 타고 구례구역에 내려 보시라.

〈 전라선 지도 〉

익산역
전주역
남원역
구례구역
순천역
여수엑스포역

〈 호남선 지도 〉

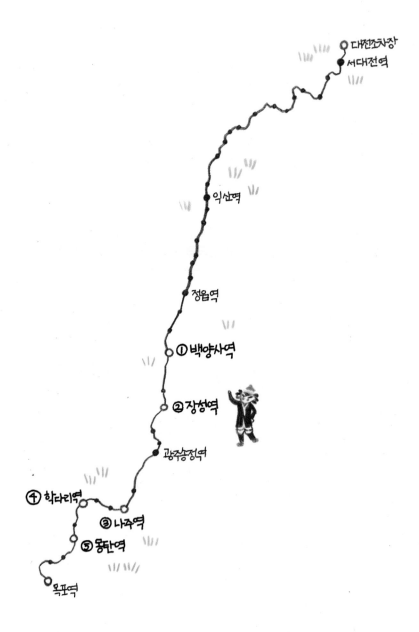

대전조차장
서대전역

익산역

정읍역

① 백양사역

② 장성역

광주송정역

④ 학다리역

③ 나주역

⑤ 몽탄역

목포역

백양사역에서
청정·담백을 느끼다

2017. 7. 31. 전남일보

백양사역은 전남북 경계지점 역으로 전북 노령역에서 힘겹게 기다란 노령터널을 건너와야만 도착한다. 백암산, 입암산, 방장산으로 이어지는 노령산맥이 우람차게 에워싸서 예부터 눈이 많이 오고 열차를 관제하는 업무가 중요하여 역무원들이 근무하기 어려운 곳이다.

호남선은 조선이 '경목선^{경성~목포}'으로 독자 건설하려 했으나 경제난으로 무산되었다. 일본은 호남선 부설권을 빼앗고 공사비를 줄이고자 대전서 분기시켰고, 1911년 7월 대전~연산을 시작으로 9단계로 나누어 개통했다. 우리 지역은 1913. 5월 목포~학교, 7월 학교~나주, 10월 나주~송정리가 연결되었으며, 노령터널을 뚫는 최대 난공사 때문에 송정리~정읍구간은 1914년 1월에 개통되었다.

백양사^{白羊寺}는 당초 백암사인데 조선 선조 때 환양 스님이 매일

『법화경』을 독송할 때 백양이 경을 읽는 소리를 듣고 몰려오는 희귀한 일이 많아 이름을 고쳤다 한다. 개통 당시에는 신흥리역에 속하였으나 1919.12월에 사거리역으로 정식 개업하였고, 백양사를 찾는 관광객이 많아지면서 1967.1월에 백양사역으로 개칭하였다.

▲ 한적하면서도 담백한 백양사역

백양사는 자랑할 것이 많다. 조계종 제18교구의 본사로 전남의 중심 사찰의 역할을 하고 있는 고불총림이다. 단풍 하면 내장사의 가을 단풍이 절경이라 하고, 봄에는 백양사의 애기 단풍 연둣빛 새순이 최고라 한다. 또한 백양사 천진암 정관스님은 사찰 음식으로 세계적 대가이다. 뉴욕 타임스에 기사가 나가고, 넷플릭스 '셰프의 테이블' 시즌 3에 출연하였으며 이로 인해 베를린 영화제에 초대되었다. 절 음식은 육식과 인공 조미료를 넣지 않는 채식으로 불교 정신의 바탕 위에서 소박한 재료를 가지고 자연의 풍미를 살려 낸다. 지역마다 특색이 있는데 경기·충청도는 백김치·보쌈김치·고수김치, 경상도는 보리밥을 이용한 콩잎김치·우엉김치·깻잎김치와 호박죽 등이 유명하고, 전라도에서는 들깨죽을 이용한 고들빼기김치·갓김치·죽순김치 등을 잘한다.

우리의 소중한 사찰 음식을 잘 살려 세계적으로 발전시켰으면 한다. 이런 면에서 관광 대국 스페인의 작은 어촌에 위치한 레스토랑 엘불리El Bulli의 성공 사례를 눈여겨볼 만하다. 2007년부터 4년 동안 부동의 '세계 1위 레스토랑' 명성을 쌓았는데 예약을 하고 1년을 기다려야 할 정도다. 성공 비결 중 하나는 지구상에 단 하나뿐인 요리를 만든다는 철학인데, 연중 절반은 문을 닫고 세계 음식을 연구하러 다니며 김치 등 동양음식도 접목한다. 최근에는 분자요리[3]를 개척하여 타의 추종을 불허한다.

요즘 패스트푸드와 거리 식당의 자극적인 음식에 익숙해진 우리들에게 청정하고 담백한 사찰 음식을 맛보는 일도 의미가 크다. 자주 먹을수록 저변은 넓어지고 요리 수준은 올라갈 것이다. 올 여름에 녹음 깊은 남창 계곡에 발을 담그거나, 세상 시름 내려놓고 백양사 템플 스테이를 다녀온다면 무더운 여름도 쉬이 지나갈 것이다. 낭만의 기차를 타고 많은 관광객이 백양사역을 찾았으면 좋겠다.

----

3) 분자요리 : 재료와 조리법의 과학적인 분석을 통해 새로운 스타일로 음식을 만드는 방법

장성역에서 벌어진
'세상에 이런 일이'

2017. 11. 9. 무등일보

 시인 고은은 "장성 갈재를 넘어야 비로소 호남 지방은 호남답다. 바다로 빠지는 하나의 산맥으로 하여금 그 이남에는 전혀 독특한 세상을 이루어 온 것이 바로 전남 지방이다"라고 했다. 장성이야 말로 남도의 관문이요 전남의 시작이라고 보았으니 장성의 지리적 중요성은 두말할 필요도 없다.

 남도가 서울과 가까워진 계기는 1914년에 호남선이 개통된 뒤부터이다. 이전에는 오히려 영산강 물길과 서해를 통하여 개성, 한양으로 접근하는 것이 더 수월했었다. 정읍에서 내려온 철길이 노령산맥을 통과하여 전남으로 들어오면서 거친 숨을 몰아쉴 곳이 장성이다. 이만큼 중요한 장성인지라 역 위치를 놓고 갈등이 있었다. 당초 '백양사-오월리-수성리-용강리'를 거쳐 현청이 있는 성산리에 역을 두려고 설계하였으나 "철마가 지나가면 흉년이 계속된다" 등의 구호를 외치며 목숨을 건 구읍의 반발로 '백양사−신흥리−안평리' 구간으로 변경되었다. 일본의 강압적인 철도 부설에 대항하는 뜨거운 애국심이 반영된 결과이다.

장성역이 현 위치에 자리 잡은 이후 지역 교통은 구읍보다는 장성역 중심으로 변화되어 갔다. 역으로 연결되는 신작로가 만들어지고 주변에 공공시설과 인구가 모여 역세권이 형성되더니 마침내 1921년 읍치邑治가 역 쪽으로 이동되었다. 이로써 역은 지역 거점 역할을 톡톡히 하게 되어 장성의 대소사가 이곳에서 자주 벌어졌다. 이별과 만남, 가출, 사건 사고, 관광, 화물탁송뿐만 아니라 지역 행사 등도 많이 열렸다. 예전에 있었던 이색적인 사건 몇 가지를 소개한다.

1927년 동아일보에 「장성군민대회 집행위원회 개최」라는 기사가 나왔는데 10.15일에 구 읍내 및 북삼면민이 결의 대회를 열어 농업 보습학교 역 부근 건립을 반대하며 당초 당국 방침대로 구 읍내에 설치하자고 주장하여 장성군민대회 측에서 대책을 논의한다며 신·구 시가지간의 대립을 생생하게 보도하는 내용이다.

일본 경찰의 과잉 조치를 비꼰 기사도 있다. 1931년 8월 16일에 게재된 「역 입장권 불매, 장성에서 생긴 괴이한 일」기사에 따르면 장성 출신 김인수 씨가 서대문 형무소를 출감하여 1931.8.12일 기차로 온다고 하니 가족, 친구, 장성청맹단 등 100여 명이 대규모로 홈에 나가 시위를 할까 싶어 당국에서 일부러 입장권을 팔지 못하게 하여 한 사람도 못 들어갔는데, 공교롭게도 김 씨는 아파서 오지 않아 역에서 입장권만 못 팔았다고 고소해했다는 것이다.

역에서는 가끔 범죄도 생긴다. 1956년 4월 28일 동아일보에 따르면 정읍 출신의 미곡상 차모 씨가 폭리를 목적으로 매점한 백미 467가마를 장성역에서 서울로 탁송하려다가 직전에 경찰에 적발되어 쇠고랑을 찼다.

1935년 9월 17일 신문에는 동아일보지국에서 주관하고 장성역이 후원하는 금강산 탐방단 모집 기사가 눈에 띈다. 장성뿐만 아니라 영광, 담양 각 군의 유지들도 참가하기 바란다며 내·외금강, 삼방 석왕사 등을 관광하는 코스로 참가회비는 당시 화폐로 26원이다.

역전 마라톤에 관한 감동적인 기사도 있다. 1940년 3월 8일 동아일보의 『장성 김한주 군 '마라톤' 출발』 기사에 따르면 1940.3.1일에 김한주(18세) 군이 장성역에서 경성까지 마라톤 경기에 참가하였는데 가는 도중 안타깝게도 신태인역에서 복통이 생기는 바람에 잠깐 중지하고 장성 본가에 내려가서 치료하였고, 건강을 회복한 후 다시 6일 날 다시 역에서 재출발했는데 쌀쌀한 날씨에도 불구 런닝셔츠만 입고 장도에 오르는 모습을 본 관중들이 박수를 치는 등 칭찬이 자자했다.

▲ 홍길동이 나타날 것 같은 장성역

　1967년 매일경제신문은 『장성 일대에 석회석광맥 발견. 매장량 78백만 톤으로 추정』을 실었다. 과학기술처 발표에 의하면 품질이 우수한 석회석 광맥을 발견했는데 50만 톤 규모의 공장 수 개소를 설치할 수 있다고 한다. 이후 공장을 세우고 선로가 연결되면서 시멘트가 전국으로 실려 나갔다.

　이처럼 장성역은 근대 역사를 거치면서 군민들과 희로애락을 같이 해왔다. 최근 군에서 광장에 홍길동 고장을 알리는 캐릭터 존을 만들었고, 황룡강의 노란 컬러와 어우러진 '옐로우시티 장성'을 느끼도록 꽃동산을 꾸몄다. 역에 볼거리가 더 있는데 전국 4번째로 코카콜라 콜렉션 카페가 생겨 애호가들이 찾아온다. 장성이란 이름답게 든든히 남도를 지키며 철도와 함께 더욱 발전하는 고장이 되기를 바란다.

나주역과 하얼빈역,
기찻길로 형제 맺을까

2018. 1. 22. 전남일보

하얼빈역 안중근 의사 기념관 정면 시계는 딱 9:30분에 멈춰있다. 9시 30분은 1909.10.26일 31세 청년 안중근이 동양 평화를 위협하고 대한 제국을 강제 병합시키려는 이토 히로부미를 하얼빈역에서 저격한 시각이다.

▲ 광주 통학생이 이용하던 구 나주역

안중근은 순국하기 전 다음과 같이 동포에게 고했다.

"한국의 독립을 되찾고 동양의 평화를 지키기 위해 3년 동안 해외에서 모진 고생을 하다가 마침내 그 목적을 이루지 못하고 이곳에서 죽노니, 우리들 이천만 형제자매는 각각 스스로 노력하여 학문에 힘쓰고 농업, 공업, 상업 등 실업을 일으켜, 나의 뜻을 이어 우리나라의 자유 독립을 되찾으면 죽는 자 남은 한이 없겠노라"

한편 1929.10.30일 광주를 떠난 통학 열차가 오후 5:30분 나주역에 도착하였을 때, 일본 학교 광주중학 남학생이 광주여고보 3학년 박기옥 등 조선인 여학생의 댕기 머리를 잡아당기면서 모욕적인 말로 조롱하였다. 그때 같이 나오던 박기옥의 사촌 박준채 등이 격분하여 이들과 싸웠는데, 출동한 역전 파출소 경찰은 일방적으로 일본 학생을 편들며 박준채를 구타하였다. 이에 분노하여 11.3일 광주고보현 광주제일고 학생들이 일본 학생에게 항의하며 대규모 충돌이 벌어졌다. 계속하여 11.12일에 광주 지역 학생들이 일제히 시위에 돌입하고 마침내 전국에 번져 194개교, 54,000여 명의 학생들이 참여하여 3.1독립운동 이후 최대의 항일독립만세운동으로 발전하였다.

두 사건의 장소는 모두 기차역이지만 한 곳은 한반도 남쪽이고 또 한 곳은 만주 벌판의 타국이었다. 1,700km 멀리 떨어진 역이지만 공통점은 조국 평화를 짓밟는 일본에 항거한 대한의 청년과

학생이 의연하게 일어난 자랑스러운 곳이라는 것이다. 다행히 하얼빈역에는 2014년에 한국 정부의 요청으로 안중근 기념관이 세워졌다. 의로운 학생 운동의 발상지 나주역은 2008년에 나주학생독립운동기념관을 건립하여 명소로 자리 잡았다.

당시에 나주와 하얼빈은 철도로 연결되어 나주역에서 호남선으로 경성에 가서 경의선으로 갈아타고 만주철도 봉천역^{지금의 심양}이나 신경역^{지금의 장춘}에 도착 후 다시 하얼빈행 열차로 환승할 수 있었다. 독립투사들은 일본과 싸우러 가고, 토지 수탈로 농토를 빼앗긴 농민들은 새로운 개척의 꿈을 안고 눈물을 삼키며 간도, 연해주까지 기차에 몸을 실었다.

마침 전남일보에서 1937년 스탈린의 소수 민족 탄압으로 연해주의 17만 2,000명의 고려인들이 시베리아 횡단철도에 실려 무참하게 강제 이주를 당했던 80주년을 맞아 그 기찻길을 따라가는 뜻깊은 행사를 가졌다. 블라디보스크를 시작으로 이르쿠츠크, 노보시비리스크를 거쳐 카자흐스탄 우슈토베, 알마티로 이어지는 6,500km를 답사하면서 선조들이 걸었던 아픔의 길에서 한민족의 동질성을 회복하고 고려인 동포 사회의 새로운 미래와 한민족의 번영을 모색했다.

일제 강점기 철도는 아픈 역사도 있지만 하얼빈, 나주역처럼 자랑스러운 역사도 있다. 훌륭한 역사를 더욱 빛내고 발전시키기 위해 나주역과 하얼빈역과의 자매결연도 추진해 봄직하다. 서로 왕래하면서 문화와 관광을 교류한다면 나주배, 천연 염색 제품을 수출하고 하얼빈에 가서 빙등제를 관람할 수도 있을 것이다. 또한 양역에 상대 쪽 항일 의거를 담은 기념관도 꾸민다면 특색 있는 볼거리도 될 수 있다. 후일에 나주역에서 안중근 의사와 하얼빈을 보고, 하얼빈역에서 나주와 광주학생운동의 기록을 볼 수 있는 날을 기대해 본다.

　언젠가 연기의 신 이병헌과 윤여정, 오진태가 열연한 '그것만이 내 세상'을 보고 눈물짓던 적이 있다. 한때 WBC 동양 챔피언 복서로 잘 나갔던 이병헌은 어영부영 살다가 백수가 되었다. 거리에서 전단지를 돌리다가 우연히 자기를 버린 어머니 윤여정을 만난다. 원망이 쌓인 17년 만의 재회가 반갑지 않았지만 서번트 증후군[4] 자폐를 가진 이부동생 오진태와 단둘이 사는 어머니가 가여워 점점 마음의 문을 연다. 얼떨떨하지만 라면을 잘 끓이고 게임과 피아노에 특출한 동생과 티격태격하면서 벌이는 에피소드는 코믹하면서 가슴 찡하다. 지구상에서 가장 아름다운 모성애와 형제애를 그린 신파극이라 관객을 울리고 웃기기에 충분하였다.

- - - - - - - - - -

4) 서번트 증후군 : 자폐증이나 지적장애를 가진 사람이 암산, 기억, 게임, 음악 등에서 매우 우수한 능력을 발휘하는 현상

윤여정 주인공은 우리네 어머니 같다. 남편의 폭력에 어쩔 수 없이 자식을 버리고 집을 나가야만 했던 이유도 큰아들에게 변명이 될 수 없어 죄인처럼 고개 숙인다. 더군다나 시한부 병으로 죽게 될 경우 큰아들에게 자폐 동생을 맡겨야 하는 운명 앞에서 아픈 것도 고백하지 못하고 가슴을 쥐어짠다. 죽음을 돌보기보다 두 형제가 잘 살기를 더 바라는 어머니 눈빛은 항상 애틋하다. 이런 모습은 영화에서만 연출되는 것이 아닌 이 땅의 모든 어머니가 가지고 있는 모성일 것이다.

필자의 고향은 무안 읍내에서 십 리 떨어진 고절리 마을이다. 1980년에 읍내 중학교를 졸업하고 가정 형편상 부득이 서울에 있는 국립철도학교로 진학했고, 주말이면 농사일을 도와주러 완행열차로 집에 다녀갔다. 읍내에 기차가 없어 시골에서 읍까지 1시간 걸어가서 버스를 타고 함평사거리까지 이동한 다음, 다시 20분을 걸어서 학교역까지 가야 했다. 더군다나 부모님이 손수 재배한 상추, 마늘 등 농산물을 싸 주실 때마다 무거운 짐 때문에 읍내에 왜 기차역이 없는지 원망도 했다.

2학년 어느 겨울날 저녁에 몹시 눈보라가 몰아쳤다. 학교역을 가기 위해 무안 터미널에서 버스를 탔는데 손님이 많아 운전석 옆 엔진룸 위에 걸터앉았다. 터미널을 벗어날 때 눈발 속에서 애타게 손을 흔들던 어머님을 보고 비틀비틀 가는 버스에서 뜨거운 눈물이

▲ 급수탑 외로운 학다리역

볼을 타고 내렸다. '어머니, 꼭 성공해서 올게, 금의환향해서 호강
시켜 줄게' 하면서 품앗이로 벌어 내 손에 꼭 쥐어주신 용돈을 만
지작거리다 주먹을 불끈 쥐었다.

　사모곡, 어머니를 그리며 부르는 노래이다. 어머님은 90년을 사
셨는데 힘든 농사일로 몸이 망가지면서 뇌졸중으로 쓰러져 20년
동안 장애를 안고 사시다가 작년에 돌아가셨다. 19살에 강원도로
발령받은 후, 어머니가 보고 싶고 고향에 가고 싶어 울 때마다 나
훈아의 '고향역'을 불렀다. 몇 번 시도했지만 번번이 실패했던 귀향
은 결국 20년 만에 어머니가 아프신 이후에야 이루어져 13년간 모
실 수 있었다. 2012.5월 목포시 백년회에서 어머니를 잘 모셨다고

효자상을 줄 때 휠체어에 어머니를 태우고 시상식에 가서 그간 고생하신 어머니를 자랑스럽게 해드렸다.

학다리역은 옛 '학교역'을 부르는 별칭이다. 1913년 호남선이 개통되면서 생긴 역으로 함평군 학교면에 있어 학교역이라 이름 지었다. 비슷한 데로 장항선 삽교역이 있는데 1979년에 가수 조영남이 '수덕사 구경하시려거든 삽다리 정거장에 내려야죠'라고 불러 유명해진 곳이다. 학교역은 함평, 무안군민이 이용하는 관문으로 송정리~목포 구간에서 영산포 다음으로 손님이 많았다.

당초 호남선을 착공할 때 국도 1호선을 따라 무안 읍내로 놓으려 했지만 유림들이 강력히 반발하였다. 그런 바람에 학교역에서 승달산 뒤쪽 영산 강변으로 휘어져 '사창－몽탄－일로－명산－동목포－목포역' 노선으로 부설되었다. 이렇게 놓여진 기찻길은 학생교육에 엄청난 영향을 미쳤다. 기차가 다니는 사창, 몽탄, 일로, 삼향 지역 주민들은 힘든 살림에도 자녀들을 목포, 광주 학교로 보냈다. 한때 일로역의 경우는 통학생들이 수백 명에 이를 정도였고 당시 학생치고 통학 열차 에피소드 한 가지씩은 다 있을 정도이다. 이곳 인물을 보면 공군참모총장, 교통부장관을 비롯하여 고위공무원, 전문직 등으로 성공한 사람이 많은 반면 읍내 출신 인물은 찾기가 쉽지 않다.

지역민과 희로애락을 같이 했던 호남선이 고속화되면서 학교역도 1호선 국도변으로 이전하여 함평역이라 개칭하였고 2004년에 고속 열차가 통과하게 되었다. 이 바람에 옛 학교역 동네는 역세권이 쇠락하고 철길도 없어져 빈터가 되었다. 오직 등록문화재 63호로 지정된 급수탑만이 옛 승강장 자리에서 역사를 증명하고 있다. 급수탑은 증기 기관차가 다니던 시절에 증기로 끓일 물을 공급하던 시설로 첨성대처럼 생겨 볼 만하며 인근에 장성군 신흥리 구역사에도 남아 있다.

최근 어머니가 그리워 학다리에 갔다. 빈 역에 들어서니 황성옛터처럼 횡하고 찬바람까지 불었지만 그 옛날 엄마 손잡고 서울행 기차를 타면서 왁자지껄 붐비던 사람들의 목소리는 여전히 귓전에 메아리쳤다. 세상이 도시화, 첨단화 되어도 누구나 마음속 한구석에 고향역 하나씩을 갖고 있다고 한다. 마음이 허전하고 추억이 그리울 때는 고향역에 가서 어머니 품에 푹 안겼으면 한다.

오래된 꿈을 꾸리라, 몽탄역에서

2017. 7. 12. 광주매일신문

호남선 기차가 달리다 목포 못미처 몽탄역에 도착한다. 옛날에는 면소재지로 번성했지만 이제는 간이역으로 무궁화호만 정차한다. 몽탄은 태조 왕건으로부터 유래된 마을이다. 고려를 세우는 과정에서 왕건이 나주를 얻고자 내려와 영산강 인근에서 후백제 견훤과 힘겹게 대치할 때, 꿈夢에 백발노인이 '지금 강을 건너라 여울灘이니라' 하여 깨어나 보니 정말로 강물이 빠져 있기에 즉시 도하하였고 이로써 견훤과 싸워 승리를 얻었다 한다.

사람들은 무언가 간절히 바랄 때 꿈을 꾼다고 한다. 왕건은 나주만 손에 넣으면 천하를 얻는다 생각했기에 자다가 이런 꿈을 꾸었을 것이다. 훗날 나주 회진에서도 개국의 꿈을 꾼 사람이 있었다. "내가 원나라 사신의 목을 베거나 아니면 체포하여 명나라에 보내겠다"며 사신 영접을 거부하여 34살에 유배 온 정도전이다. 조선 개국의 설계자 정도전은 유배지였던 천민촌에서 주민들의 순박함과 따뜻한 대접에 감탄하면서 민초를 통해 바른 정치를 실현하고자 마음먹고 혁명을 함께할 이성계 장군을 찾아간다.

미국 민권 운동가 마틴 루터 킹 목사는 'I have a dream'을 힘차게 외쳤다. 그는 백인 아이와 흑인 아이들이 함께 어울려 살아가는 미국을 꿈꾸었는데 46년 만에 흑인 대통령이 나왔다. 'Boys, Be Ambitious'라는 유명한 말을 한 미국의 윌리엄 스미스 클라크도 소년들에게 '야망을 가져라!'라고 했다. 이렇듯 꿈은 우리 가슴을 설레게 하며 대체적으로 어린이나 청년들의 전유물처럼 여겨졌다.

그런데 필자는 '몽탄역 철도문화축제'를 보면서 늙은이도 꿈을 꿀 수 있다는 가능성을 보았다. 과히 늙으면 기운이 쇠하여 의욕을 잃기가 십상인데 이를 떨치고 다시금 꿈꾼다는 것은 놀라운 것이다. 늙은이들이 지나온 삶을 묻지 않고 세상에 꺼내 놓을 때 이것이 역사로 승화된다. 역사는 반복되며 위대한 역사는 꿈이 될 수 있다. 마치 고구려사를 배울 때 다시금 만주 벌판을 말 달리고 싶다는 꿈을 꾸듯이 말이다.

작년 처음 개최된 '철도문화축제'는 이런 의미를 가지고 시작하였다. '주민생애사'를 책으로 펴내고 흑백 사진과 함께 인생 스토리

▲ 꿈이 머무는 곳. 꿈여울 몽탄역

벽보판에 전시하였다. 먹고 살려고 기차로 목포에 가서 농산물을 팔고, 마차로 이곳저곳 다니며 장사하고, 전쟁 때 피난 와서 고생했던 일, 연꽃방죽에서 닭싸움 벌였던 일들이 흑백 영화 필름 돌아가듯 재현되었다. 이번 축제를 통해 젊은이들은 잊힌 부모님들의 생애를 되새기면서 새로운 세상을 꿈꿀 것이다.

앞으로 이 축제가 점차 발전되었으면 한다. 때마침 코레일에서 고향역을 테마가 있는 곳으로 가꾸고 지역과 소통하기 위해 '고향역장제'를 시행한다. 즉 고향 출신의 역장을 임명한다는 것이다.

몽탄역이 시범역이 되었고 몽탄 중학교를 졸업한 김용문 역장이 부임하였다. 이제 고향역장으로 인해 한적한 시골 마을이 관광객이 찾아오는 명소로 변모되었으면 좋겠다. 고향역장이 주민들과 함께 힘 모아 가꾼다면 분명 몽탄역은 젊은이가 찾아오고 늙은이들이 꿈을 꾸는 마을로 변할 것이다.

〈 광주선 지도 〉

정읍역

- - - - - 사라진 당양선, 경전선 역

백양사역

호남선

담양역

장성역

당양선

마항역

①극락강역

장산역

망월역

광주송정

광주역

③남광주역

서광주역

효천역

남광주시장

함평역

남평역

나주역

화순역

능주역

경전선

목포역

명봉역

보성역

극락강역에서
무등(無等)을 느낄 때

2017. 6. 1. 무등일보

"내가 그의 이름을 불러 주기 전에는/ 그는 다만/ 하나의 몸짓에

지나지 않았다./ 내가 그의 이름을 불러 주었을 때/

그는 나에게로 와서/ 꽃이 되었다."

우리 국민이 가장 애송한다는 김춘수 시인의 시 '꽃'이다. 사람은 이름을 불러 줄 때 꽃이 되듯이 기찻길도 열차가 설 때 비로소 역 이름이 생긴다.

필자는 강의 중에 기차에 대한 재미있는 퀴즈를 내곤 하는데 그 때마다 색다른 역명을 듣고 청중들은 즐거워한다. 예를 들어보면, 학생들이 제일 좋아하는 역은 '1호선 방학역'이고 제일 싫어하는 역은 '경전선 반성역'과 '장항선 청소역'이라고 말하는 경우이다. 값

으로 따질 때 가장 싼 곳은 '3호선 일원역', 그 다음은 '경부선 이원역', 좀 더 비싼 곳은 '경북선 백원역', 제일 비싼 곳은 '호남선 천원역'이다.

부모님들이 제일 좋아하는 '동해남부선 효자역', 배고프면 가는 '중앙선 국수역', 직장인이 싫어하는 '동해남부선 좌천역', 법관들이 좋아하는 '영동선 법전역', 예의바른 사람들이 사는 '경전선 양보역', 꼴불견의 '경전선 진상역'을 말하면 재밌다 하면서 고개를 끄덕끄덕 한다.

서울에서 정 동쪽에 있는 '영동선 정동진역', 가장 서쪽에 있는 '호남선 목포역', 가장 남단은 '전라선 여수엑스포역', 제일 북단은 금강산 못미처 '동해북부선 제진역'이며, 가장 긴 역명은 경의중앙선의 '디지털미디어시티역'이 있다. 또한 삼천리금수강산에 절이 많듯이 기차역에도 사찰 이름이 많다. 호남선 개태사와 백양사, 경부선 직지사, 경원선 망월사, 중앙선 희방사, 동해남부선 불국사, 여천선 흥국사역이다. 그런데 불교 역명 중에 가장 특이한 곳은 광주광역시에 있는 '극락강역極樂江驛'이다. 불자가 가장 가고 싶은 곳이 극락정토인데 멀게만 느껴지는 극락을 쉽게 볼 수 있는 역이 있다니 놀라울 뿐이다.

극락강역은 호남선 송정리역에서 광주역 가는 노선 중간에 있는 역으로 1922년 7월 21일에 문을 열어 95년째 손님을 맞이하고 있다. 한때는 양회 사일로가 있는 등 화물 운송도 많이 했으나 그마저 끊기고 무궁화호만 정차하는 간이역으로 전락했다. 그러나 최근 극락강역이 새롭게 조명되고 있다. 철도 애호가들이 오래된 역 중에서 건축학적 가치가 높다며 적극 추천하여 철도공사 지정 문화재가 된 것이다. 더군다나 작년 12월부터 광주역~광주송정역간에 셔틀열차가 운행되면서 하루 30회 정차하니 고즈넉하고 아담한 역을 자주 보게 되었다.

누군가 "마음 한번 돌리니 극락이 예 있구나."라고 했듯이 세상살이가 벅찰 때 우연히 기차를 타고 극락강에 내려 푸른 하늘을 쳐다본다면 세상 시름 잊고 잠시나마 무등의 여유를 느낄 것이다.

▲ 도심 속에 귀여운 꼬마역

담양역 기적은
언제 울리나

2017. 7. 10. 무등일보

몇 년 전 삼천포 답사를 다녀온 적이 있었다. 정담을 나누던 시의원 한 분이 탄식을 하면서 삼천포 기찻길이 없어진 것을 무척이나 애석해하였다. 지금은 도로가 좋아져서 불편한 점은 없지만 한번 뜯겨진 철길을 복원한다는 것이 쉽지 않다는 것이다.

삼천포는 아름다운 항구 도시로, 옛날에 부산발 진주·삼천포행 복합 열차를 운행했는데, 객차 칸을 잘못 타서 깜박 졸다가 삼천포로 빠졌다 해서 유명해진 곳이다.

그 사연을 들으면서 문득 사라진 담양역을 생각했다. 사람들 기억에서 희미하지만 한때 담양에 가는 기찻길이 있었고 죽세공품이 기차에 실려 나가 유명세를 타기도 했었다. 1922년 일제 강점기 시대에 송정리역에서 광주역까지 선로를 부설하고 6개월 뒤 다시 담양까지 연결시켰다. 장래는 전라선 금지역까지 연장할 목적이었다. 중간 기차역으로 망월역, 장산역, 마항역이 있었는데 1944년까지 약 22년간 운행하다가 이용객이 적어 폐선에 이르게 되었다.

최근 광주와 대구가 '달빛동맹'[5] 협력을 추진하고 있어 양 지역 발전에 훈풍이 불고 있다. 담양, 순창, 남원, 함양을 거쳐 대구로 가는 달빛 철도는 여러 의미를 가지고 있다. 영호남 교류 활성화와 더불어 광주에서부터 동해안으로 나갈 수 있는 교두보를 확보하는 효과가 있다. 올 연말쯤 포항에서 영덕까지 철도가 개통된다는 뉴스가 나왔는데 이후 삼척, 속초를 거쳐 금강산까지 연결된다면 훗날 광주에서 금강산행 기차를 탈 수 있을 것이다.

요즘 기찻길이 없는 담양에 기차 손님들이 찾아오고 있어 이채롭다. 바로 기차 여행 프로그램인 내일로 여행객들이다. 내일로 여행은 만 29세 이하 젊은이들이 배낭을 메고 일반 열차를 무제한으로 5일, 7일 동안 맘껏 탈 수 있는 것으로 대학생이 되면 한번쯤 기차 여행을 떠나는 것이 유행처럼 자리 잡았다.

내일로 여행객이 많이 찾아와 명소가 된 곳이 많다. 밤기차 타고 가서 해맞이하는 정동진역, 가수 진성이 불러 히트한 '안동역에서'

----

5) 달빛동맹 : 달구벌 대구의 '달', 빛고을 광주의 '빛'자를 따서 만든 조어

의 안동역, 낭만 항구 도시 부산역, 내일로 성지 순천역, 내일로 1번지 여수역, 한옥 마을과 막걸리 골목으로 유명한 전주역, 경암동 철길로 유명한 군산역 등이다. 내일로는 그야말로 새로운 관광 문화 창조자이자 움직이는 홍보맨들인 것이다.

기차로 광주에 온 내일로 여행객이 인근 담양에 버스로 갈아타고 가기에 적당하다. 담양에 가면 걷거나 자전거를 타면 다닐 수 있는 죽녹원, 관방제림, 메타세쿼이아길이 있고, 야경이 아름다운 유럽풍 마을 메타프로방스도 있어 여름밤을 즐기기에 낭만적이다. 담양은 먹거리도 유명한데 대통밥, 떡갈비, 국수, 댓잎 아이스크림까지 있어 엄마 손맛을 느낄 수 있다.

올여름 청춘의 호연지기를 키울 수 있는 내일로 기차 여행으로 전국의 청소년들이 담양을 많이 찾았으면 좋겠다. 남도의 넉넉한 인심, 수준 높은 문화를 체험하면서 청정 관광을 즐긴다면 평생 잊지 못할 추억이 될 것이다.

남광주역 기적 소리
다시 듣고 싶어라

2017. 6. 1. 무등일보

댕댕거리는/ 건널목 종소리. 뒤이어 다가오는/ 산수동 농장다리. 한 무리의 학생들이/ 둘러앉아/ 책들을 펼치고/ 혹은 담뱃갑을 만지작거리고/ 혹은 보해 소주병을 휘리릭 거리며. −중략− 남광주역이 웃음으로/ 포근한 웃음으로 싸 안아준다. 반겨준다/ 남광주역은 광주의/ 마지막 자존심이다. 마지막 사랑이다.

2009. 임명수. 남광주역에서

이제는 자취만 남은 남광주역에 기차는 다니지 않지만 역전시장은 언제나 사람들로 정겹다. 1930년 광주에서 여수까지 '광려선'이 개통되면서 신광주역으로 문을 열었고, 8년 뒤 남광주역으로 이름이 바뀐 역이다. 1차 세계대전에 기대어 경제 부흥을 일으킨 일본은 조선 식민지화를 가속하려고 광주에서 순천, 여수를 연결하는 철도를 부설하였다. 이로써 광려선이 호남선과 연결되어 광주는

▲ 시민 가슴 속에 아련한 남광주역

철도의 중심이 되어 전남 각지에서 인재와 물산이 모이고, 나주·
남평·화순 등지에서는 통근·통학까지 생겼다. 기차가 도심 활성
화의 기폭제가 된 셈인데 대인동에서 남광주까지 각 기관, 점포,
병원, 학교 등이 생겨나게 되었다.

철도로 인해 광주 도심이 발전하였음에도 불구하고 기차역은 외
곽으로 두 번이나 밀렸다. 1969년에 대인동에서 중흥동으로 옮기
면서 상업 중심지에서 멀어졌고, 직할시 승격 등 급격한 인구 증가
가 일어나자 도심 교통난 해소를 위해 2000년에 시내 외곽인 서광
주로 경전선을 이설했다. 이로써 도심에 기차가 들어가지 못해 통
학, 통근이 끊기고 남광주 시장에 농수산물을 기차에 싣고 오던 지
역민의 발목이 막히게 되었다. 이는 경전선 기찻길이 사양화되는

계기가 되었고 여파로 앵남, 만수, 석정리, 입교, 도림, 광곡역 등의 이용객이 줄어 문을 닫게 되었다.

미국 서부 개척은 대륙 횡단 철도가 뚫리면서 노다지가 터졌고, 중국 역시 일대일로 帶 路로 최강대국을 꾀하고 있는 것을 보아도 철도의 중요성을 알 수 있다. 국내서 철도로 발전한 도시가 많은데 대표적으로 대전, 제천, 영주, 익산, 순천 등이 있다. 철도 노선이 교차하고 차량 정비소와 지방 철도청이 있던 곳이다. 최근에는 오송역, 광명역이 급부상하고 있는데 오송은 경부·호남의 분기역으로, 광명은 개성 연결 및 유라시아 출발역으로 주목받고 있다.

한동안 철도 발전에서 멀어졌던 이곳도 2015년 호남 고속 철도가 개통되어 서울이 2시간대로 좁혀졌으니 지역 발전의 호기로 삼아야겠다. 가령 어떤 지역이 철도 요충지가 되려면 여러 노선이 교차해야 하는데, 광주에서 대구·부산이 연결되고 장차 제주도까지 연결된다면 그 효과는 엄청날 것이다. 먼저 광주~대구 간 달빛철도를 통해 영호남 교류를 활성화시키고 동해선까지 연결시켜 북한까지도 가보자.

재미있게도 1933년에 보성군 복내면 선동 마을에 살았던 선비 임기현은 당시 나이 60세에 기차를 타고 금강산 유람을 떠나 단 3일 만에 도착했다. 조선 시대에는 걸어서 15일 걸리던 거리를 기차가 다니면서 '경전-호남-경원-금강산철도'를 타고 간 덕분에 환갑의 나이에 금강산 유람을 다녀올 수 있었던 것이다. 앞으로 '광주-대구-동해' 노선으로 간다면 채 1일도 안 걸려 금강산을 갈 수 있다.

이제는 광주를 철도의 중심으로 부상시켜 지역 발전을 앞당길 지혜를 모을 때이다. 첫째는 철도를 외곽으로 이설하고 경시했던 과거를 반면교사로 삼고 철도 요충지로 발전시킬 청사진을 만들자. 둘째로 포럼, 학회 등을 통해 시민 공감대를 확산시키자. 붐업을 위해 금강산 기차표 예약 행사도 가졌으면 좋겠다. 시민이 미리 기차표를 사 준다면 금강산 기차는 더 빨리 기적을 울릴 것이다.

〈 서도, 임피, 율촌 지도 〉

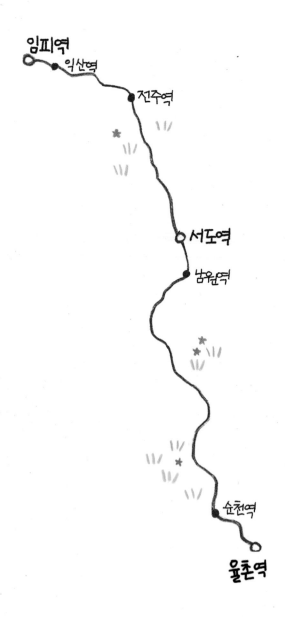

역사 향기 그윽한
서도, 임피, 율촌역

　격동의 세월을 살아온 기성세대에게 고향역은 가슴 한편에 몰래 감춘 보물창고 같다. 추억의 보물을 켜켜이 쌓다가 남모르게 살짝 열어보기도 한다. 70년대 이촌향도離村向都 시대에 돈 벌고 출세하러 기차 타고 상경해서 온갖 고생을 겪으며 산업화를 이룬 원동력은 이쁜이·곱쁜이와 흰머리 날리는 어머니가 고향역에서 반갑게 맞이해 줄 것이라는 희망이 있었기 때문이다.

　남도에는 가수 나훈아의 '코스모스 피어있는 정든 고향 역'을 지닌 곳이 많다. 경전선에 남평, 능주, 명봉, 원창역이 있고 전라선에는 춘포, 서도, 율촌역이 있다. 광주선에 극락강역이 있고 장항선에는 임피역이 있다. 대부분 근대 철도건축미를 인정받아 등록

▲ 최명희 소설 '혼불'의 무대가 되었던 서도역

문화재로 지정되고 지자체에서 위탁 관리하여 역사 교육과 관광객 유치에 도움이 되고 있다. 필자는 애달픈 스토리가 담긴 서도역을 좋아한다. 서도역은 최명희 작가가 17년에 걸쳐 완성한 대하소설 '혼불'의 배경역이다. 주인공 효원이 대실에서 매안으로 신행 올 때, 강모가 전주로 학교를 다니면서 기차를 타던 역이다. 박공 기와지붕을 얹은 목조 형식의 역은 시골 냄새가 물씬 풍겨 영화 세트장 같다. 서도역에서 조금만 더 걸어가면 '혼불문학관'이 있어 간이역 탐방과 문학기행을 함께 즐길 수 있다.

임피역은 1924년에 군산시 임피면 술산리에 들어선 역이다. 일제 강점기 때 임피, 서수 지역에서 생산한 쌀을 수탈하기 위해 군산선 철길이 부설될 때 생겼다. 임피역의 지명은 특이한데 '임시로 피하는 곳인가?'라고 생각되었으나 사실은 역 근방까지 바닷물이 들어와 임시臨로 둑陂을 만들어서 생긴 지명이다. 역을 통해 생선

장수들은 새벽 기차로 군산항에 나가 생선과 젓갈을 구입해 머리에 이고 팔았고 학생들은 군산·익산·전주의 학교를 다녔다. 한때 간이역으로 있다가 군산시에서 예산을 투입하여 역을 정비하고 새마을 객차 전시관을 만들어 군산선 건설과 일제의 수탈 역사, 소설『탁류』, 추억의 통근열차의 모습을 재현했으며 승차권, 개표 가

▲ 역사를 든든히 지키는 고목이 멋진 임피역

위, 차표 발매기 등 철도 용품을 전시하여 볼 것이 쏠쏠하다.

　누구나 '사랑의 원자탄' 손양원 목사의 이야기를 들어 본 적이 있을 것이다. 그분은 여수애양원에서 나병 환자를 돌보는 봉사를 하면서 신사 참배 강요에 굴복하지 않아 5년간 옥고를 당했다. 또 1948년 여수·순천사건 때 아들 둘이 공산분자에 의해 살해되는

아픔을 겪었다. 그러나 체포된 살해자가 계엄군에게 처형되려는 순간에 구명 운동을 전개하여 극적으로 살리고 양아들로 삼는 등 성자와 같은 사랑을 실천하였다. 특히 "눈 덮인 들판을 걸을 때 함부로 걷지 말 것은, 오늘 내가 걸은 발자국이 뒷사람의 이정표가 되기 때문이다"라는 유명한 어록을 남겼다. 율촌역은 1930년에 문을 열었는데 애양원 근방에 있어 손양원 목사가 타지에 나갈 때 기차를 타던 곳이다. 외형은 모임지붕 형태로 3개의 지붕이 연결되어 철도 건축물 중에도 보기 드물어 등록문화재 301호로 지정되었다. 밤이 많아 밤나무골, '율촌'으로 불린 이곳을 잘 정비하여 손양원 목사 순교기념관과 연계한 역사 명소로 만들었으면 한다.

만물이 생동하고 푸름이 짙어가는 사월에 아이들과 함께 간이역 탐방을 나간다면 역사와 문화의 향기를 맘껏 느낄 것이다.

▲ '사랑의 원자탄' 손양원 목사님이 이용한 율촌역

제2부

KTX, 남도 관광의
훈풍이 되어라

그물망처럼 짜인 길로
말을 타고 와서
서로 만나니
행복해진다.

역(驛) 字에
행복이 담긴 까닭은

2018. 1. 24. 광주매일신문

사람마다 카카오톡 프로필 메시지에 멋진 문구를 올린다. '바람 없이 핀 꽃이 어디 있으랴', '항상 즐겁게 살자', '세상사 밉게 보면 잡초요 곱게 보면 꽃이다', 'the way we were', '이 또한 지나가 리라', '기적은 딱 믿는 만큼' 등이다. 볼수록 재미있는 글이 많은 데 자신만의 좌우명을 적거나 사업 홍보를 하는 등 개성 시대에 걸 맞게 다인다색이다. 참고로 필자는 '행복은 기차를 타고 온다'인데 '통기타 통일은 기차를 타고 온다'에서 살짝 베끼기도 했지만 나름대로 정 립된 생각이 있기 때문이다.

최근 광주로 근무지를 옮기면서 더욱 지역에 관심을 갖게 되었다. 20세 약관부터 철도 근무를 시작하여 30년 동안 강원, 경상, 충청 지방 등을 근무하면서 본 성공사례를 어떻게 우리 지역에 접목해

볼까 생각중이다. 정동진 역장 시 본 공전의 히트 상품 '해맞이 기차여행', 코레일이 제안하여 유명해진 경북 봉화군의 '산타마을 분천역', 간이역에 코스모스를 심다가 축제가 된 '북천 코스모스역' 특별한 관광 열차 V트레인, G트레인 등은 지역 살리기로 주민 행복에 크게 이바지한 곳이다.

기차 정거장 즉 역을 한자로 쓰면 '驛'이다. 이 글자를 분해하면 '馬말 마', 罒그물 망, 幸행복 행으로 나눌 수 있다. 필자가 수년 전에 이 글자의 의미를 궁금해하면서 나름대로 풀어 보았더니 '역'이란 '그 물망처럼 짜인 길로 말을 타고 와서 서로 만나니 행복해진다'라는 뜻으로 해석되었다. 그 의미를 찾는 순간 역이란 글자에 단순히 사람을 실어 나르는 역할 이상의 뜻, 즉 '행복'의 의미가 담겨 있구나 하면서 유레카를 외쳤다.

사람치고 행복을 추구하지 않는 사람이 없다. 수많은 석학과 철학자들이 행복에 대하여 말하고 어떻게 하면 행복할 수 있는지에 대해 연구하였다. 가장 많은 책들이 첫째는 사랑이요, 두 번째는 행복에 대하여 쓸 정도이지만 기차와 행복에 관한 것은 별로 보지 못했다. 그리스의 국민가요 '기차는 8시에 떠나고'를 비롯, '비 내리는 호남선', '이별의 부산정거장' 등의 국내외 작품은 주로 이별과 아픔에 대하여 다뤘다.

이제는 기차역 이미지가 긍정으로 변했다. KTX로 인해 가족 친지 방문이 늘고 기차 여행이 많아지면서 즐거움을 느끼기 시작했으니 문학 작품에서도 기차와 행복을 그렸으면 한다. 최근 코레일은 행복한 역을 만들기 위해 많은 노력을 하고 있다. 역 매장도 계란, 호두과자, 사이다, 국수를 사 먹는 공간에서 지역 특산품, 중소기업 제품, 카페, 청년 창업 가게, 웨딩숍, 맛집 명소로 변신하였다. 부산역 어묵, 전주역 초코파이, 동대구역 삼송빵집, 대전역 성심당 등은 장사진을 이루며 손님이 몰리고 있으며 우리 지역은 광주송정역에서 모싯잎 송편이 인기를 얻고 있다.

사람은 행복해져야 하고 기차역은 행복을 만들어야 한다. 주말에 기차역에서 자녀들을 기다리는 행복한 부모님의 모습과 배낭을 메고 기차 여행을 떠나는 '내일로' 학생들을 보면 생기가 넘친다. 최근 서울역에서 호남선 KTX를 탈 수 있게 되었고, 열차 내 휴대폰 충전 콘센트가 전부 설치되었으며, Wifi 무선 인터넷 서비스도 3배 가까이 늘어났고, 예매한 열차보다 일찍 역에 도착하면 바로 가는 열차를 안내해주거나 특실 요금의 50%에 해당하는 마일리지를 차감해 특실을 이용할 수 있도록 해 주는 행복 서비스까지 등장하여 역을 찾는 즐거움도 배가되고 있다. 앞으로도 기차역이 행복을 만들어 내는 발전소가 되는 노력을 아끼지 않을 것이다.

아픈 청춘이여!
배낭 메고 기차를 타라

2014. 8. 6. 광남일보

몇 년 전 서울대 김난도 교수는 『아프니까 청춘이다』라는 책을 써서 수많은 청춘들의 마음을 울린 적이 있었다. 그런데 이 문구를 뒤집어 읽으면 '아프지 않으면 청춘이 아니다'라고 볼 수 있는데 아픈 만큼 성숙하는 것이 인생인가 보다.

필자도 이제 50대에 들어섰지만 20대에 고통과 폭풍의 역경이 있었다. 양파의 고장 무안에서 태어나 중학교 졸업 후 청운의 꿈을 안고 서울로 올라가 철도 학교를 졸업하고 19살에 발령받은 곳이 강원도 영월군의 한 시골역이었다. 그곳은 조선 왕 중 가장 슬픈 생을 살았던 단종이 1457년 17살에 유배되어 사약을 받고 꽃다운 생을 마감한 곳이어서인지 나도 낯선 타향에서 높은 산과 강에 갇혀버린 듯 외롭고 힘들었다.

그때 선택한 것이 여행이었다. 무작정 자전거를 타고 하루 종일 달려 보기도 하고, 첩첩산중에 깔린 태백선 철길 변을 따라 걷기도 하며, 단종왕의 발자취를 따라 유적지를 찾기도 하면서 여행에 대하여 눈을 뜨기 시작했는데, 비경을 하나씩 알게 되면서 점점 그곳이 좋아졌다. 태백시 탄광촌과 국내 하나뿐인 스위치백 철길, 민족의 성지 태백산, 고기 반 물 반의 어라연이 있는 동강, 화전민 삶을 보여주는 너와집, 태백준령 고랭지 배추밭 등을 보면서 세상을 알게 됐다.

그때 시작된 여행 끼는 방랑시인 김삿갓을 닮아가기 시작했다. 20살 때 영월 동헌에서 열린 백일장에서 장원 급제한 글이 홍경래의 난 때 역적으로 몰락했던 조부님을 비방한 것이었다는 사실을 나중에 알고 불효의 죄를 씻기 위해 방랑을 시작해 35년간 구름처럼 바람처럼 살았던 해학과 풍자의 김삿갓이 나의 삶처럼 느껴졌다. 점점 여행을 좋아하면서 근무지도 태백, 제천, 영주, 동해, 정동진 등 여러 곳을 다녔다.

수년 전만 해도 호남 사람들이 강원도에 가 볼 일은 거의 없었다. 군대 복무나 수학여행 빼고는 정말 가 보기 어려운데 지금은 교통이 좋아지면서 유명한 정동진이나 환선굴 그리고 설악산을 한번쯤은 다녀오게 되었다. 강원도 사람들도 호남평야의 기름진 들판을 보면서 우리나라에도 이런 땅이 있었다는 것에 놀라면서 순천, 여수, 해남을 다녀갔다.

이렇게 대한민국을 하나로 만든 것은 기차이다. KTX는 전국을
반나절 생활권으로 단축시켰으며 전국 방방곡곡을 연결하여 우리
삶의 핏줄이 되었다. 최근 이런 기차를 타고 젊은이들이 배낭여행
을 하는 내일로路 기차 프로그램이 대인기이다. 우리나라에서 해
외로 나가는 배낭여행객이 연간 30만 명이 넘지만 국내 '내일로'도
20만이 넘는다. '내일로' 프로그램은 1주일에 새마을, 무궁화 등 일
반 열차를 무한대로 탈 수 있는데 가격이 단돈 62,700원이다. 제
일 부담되는 교통비가 파격가이고 지자체에서는 숙박도 일부 지원
하니 주머니가 가벼운 청춘들에게는 가뭄의 단비가 되었다. 거기
에 역 주변 식당, 관광지 입장료 할인을 해주니 40만 원이면 전국
을 맘껏 다닐 수 있게 되어 방학기간 필수 코스가 됐다.

세계적으로 배낭여행광 이스라엘 젊은이를 배울 필요가 있다. 이
스라엘 젊은이는 3년 정도의 군복무를 하고 이때 모은 돈으로 1년
간 배낭을 메고 세계 방방곡곡을 누빈다. 그들은 가는 곳마다 여행
담을 써놓고 뒷사람들 역시 보고 덧쓰면서 여행 방명록 '더 북The
book'을 만들어 냈다. 이렇게 배낭여행에서 얻은 많은 지식은 '세계
최고의 벤처국가는 미국 실리콘밸리가 아니라 이스라엘'이라는 말
을 만드는 밑거름이 되었다.

순천은 내일러들이 뽑은 국내 최고 관광지이며 '내일로' 성지로 불린다. 이런 성공 신화가 하루아침에 만들어진 것은 아니다. 2007년에 처음 '내일로'가 생겼을 때 순천을 찾는 방문객은 미미했다. 이때 순천역에서는 많은 고민 끝에 전라선과 경전선이 만나는 환승역이라는 이점을 살려 머물다 가는 관광지로 만들자는 판단 아래 순천시와 함께 숙박 지원 조례를 만들고, 2011년도부터 지원한 결과 방문객이 대폭적으로 증가하여 올해는 8만 명을 바라보고 있다. 이로 인해 순천만, 정원박람회장 및 드라마 세트장이 인기 코스로 유명해졌고 인근 여수 엑스포, 보성 녹차밭, 해남땅끝, 담양 죽녹원, 전주 한옥마을 등이 내일로 단골 코스가 되었다.

그대 청춘인가? 그럼 아플 땐 여행을 떠나 보라. 요즘처럼 취업이 어렵고 인생이 힘들다고 생각될 때는 배낭 하나 메고 내일로 기차를 타라. 정동진에서부터 안동, 경주, 부산을 거쳐 순천, 목포, 광주, 전주를 거쳐 서울을 돌아보는 전국 여행을 한다면 청춘 그대들은 벌써 대한민국을 이해할 만한 높이만큼 성숙할 것이다. 그런 다음 다시 배낭을 메고 일본, 유럽, 미국과 세계 곳곳을 다녀본다면 대한민국을 뛰어넘어 세계를 경영하는 훌륭한 리더로 성장할 것이다.

※ 내일로는 '17년에 5일권 60,000원과 7일권 70,000원으로 변경되었음

삼천리, 태극, 풍년호 열차를
기억하시나요

2014. 9. 5. 전남일보

민족의 명절 추석이 오니 고향 갈 마음에 가슴이 설렌다. 교통편을 고민하지만 결국 편한 기차를 선호한다. 빠르기도 하지만 역시 낭만적인 면이 많아서다. 역에 도착하자마자 가족과 껴안고 좋아하는 모습이 얼마나 아름답던가.

필자도 청운의 꿈을 품고 안고 상경할 때 함평 학교역^{일명 학다리역}에서 어머니와 슬픈 작별을 했다. 품앗이로 번 지폐 하나를 아버지 몰래 구들장 밑에 감췄다가 꼬깃꼬깃 접어 쥐여 주면서 꼭 성공하라던 말씀에 상경하는 내내 울었던 기억이 난다. 그 격려의 말씀이 지금까지 내가 살아가는 이유이자 버팀목이다.

만남과 이별의 장면은 대부분 기차역에서 이뤄졌다. 대중가요에 많이 등장하는 장소도 기차역이다. "떠나가는 새벽 열차 대전발 영시 오십분"대전부르스, "보슬비가 소리도 없이 이별 슬픈 부산 정거장"이별의 부산정거장, "비 내리는 호남선 남행열차에, 흔들리는 차창너머로"남행열차 등 국민 애창곡이 많다.

서양에서도 아그네스 발차가 불러 그리스 아리랑이 된 '기차는 8시에 떠나네'라는 명곡이 있다. 젊은 레지스탕스와 그의 여인은 지중해 연안의 아름다운 카타리니로 가서 행복하게 살기로 작정했다. 그들이 함께 떠나기로 한 11월의 어느 날, 만나기로 한 역에서 여인은 사랑하는 청년을 기다렸으나 그는 끝내 나타나지 않는다. 기차가 출발할 시간은 다가오고 처절한 심경으로 여인은 하는 수 없이 혼자 8시 기차에 오른다. 그 모습을 숨어서 지켜보아야 하는 청년 레지스탕스의 눈에선 하염없는 눈물이 흐른다.

기차는 이별과 관련이 많지만 정작 기차 이름은 그 시대를 대표하는 단어로 붙여진다. 한국 고속 철도 'KTX'는 'Korea Train eXpress'의 약자로 한국에서 최고로 빠른 기차란 뜻이다. 한국 철도 115년 동안 써 왔던 기차 이름을 보면 너무도 재미있다. 일본의 압제에서 벗어난 우리는 드디어 1946년에 우리 기술로 첫 열차를 운행하면서 그 이름을 '조선해방자호'로 명명했다. 6.25전쟁 후에 민족의 소원을 담은 '통일호'라는 이름이 생겨났고 1960년 초에 '무궁화호'와 '재건호'가 나왔다. 경부선과 호남선 기차 이름이 달랐는데 경부선은 '무궁화호'이고 호남선 동급 열차는 '삼전리호'나 '태극호'라 불렸고 1963년에는 서울~여수 간에 직통 급행열차 '풍년호'가 운행하였다. 지금 생각해도 풍년호라는 이름엔 운치가 있다. 동양 철학의 근간인 태극 정신을 기차에 담아 삼천리 방방곡곡을 누비며 풍년을 이뤄내라는 뜻이다.

월남 파병 이후 1966년부터 '맹호호', '백마호', '청룡호', '십자성호', '비둘기호'라는 열차가 운행됐다. 다분히 정치적 의도가 배어 있는데 서울~광주 간 기차는 '백마호'라 부르기도 했다. 왜 지역과는 아무런 연고가 없이 백마호라 했을까. 그저 아리송하다. 1969년 경부선에는 초특급 '관광호'가 나왔는데 광복 당시 9시간이던 서울~부산을 4시간 50분으로 대폭 단축하였다. 70년대 초에 서울~대전 간 '계룡호', 서울~진주 간 '충무호'가 운행됐고, 1974년 '관광호'가 '새마을호'라는 이름으로 바뀌어 지금에 이르고 있다. 70년대 중반 중앙선에는 '약진호'와 장항선에 '부흥호'가 운행됐고 70년대 후반 가서야 '우등 열차'가 생겼다. 이런 정치색을 띤 열차명은 1984년 1.1일자로 전면 이름이 바뀌었다. 이름도 '새마을호', '무궁화호', '통일호', '비둘기호'다. 아쉽게도 비둘기호는 2000년 11월, 통일호는 2004년 고속 열차의 등장과 함께 역사의 무대 뒤로 사라졌다.

요즘 기차는 무궁화, ITX-새마을, KTX, KTX산천 등으로 이름이 나날이 진화중이다. 내년에는 호남선 고속 열차, 2018년에는 평창 올림픽 열차 등이 새롭게 선보일 예정으로 한국 철도 역사를 다시 쓰게 되었고 세계 4번째 고속 철도 기술 보유국으로서 선진국과 어깨를 나란히 하게 되었다.

내년 3월쯤, 마침내 호남선 고속 철도가 개통된다. 서울~목포를 2:05분에 주파하게 된다. 차량 성능도 향상돼 330km/h 운행이 가능하다. 의자 간격도 넓혀져 승차감이 향상되었다. 내년 추석에 신형 호남 고속 열차로 고향을 찾게 된다니 벌써부터 가슴이 설렌다.

호남 고속철 개통,
'남해안 시대'가 열린다

2015. 1. 6. 전남일보

벚꽃 흐드러지게 핀 봄날 회사원 박 과장은 빛가람 혁신도시에 입주한 한전(주)에서 열리는 세미나에 참석하기 위해 오전 8시 용산역에서 KTX에 올랐다. 잠깐 책을 보는 사이 공주를 지나 호남 평야를 달리는가 싶더니 2시간도 안 되어 나주역에 당도한다. 세미나 후 박 과장은 전남이 생각보다 가깝다는 것을 알고 가족과 함께 남쪽 바다에 가고 싶어 보길도·청산도행 1박2일 기차 여행을 신청했다.

마침내 오는 4월 호남 고속 철도가 개통된다. 서울~광주 간이 90분대로 반나절 생활권이 된다. 교통 환경은 물론 문화, 관광, 주민 생활에 '혁명적 변화'가 기대된다. KTX 개통에 따른 광주·전남 지역의 변화상을 살펴보자.

우선 KTX 운행 편수가 대폭 증가한다. 현재 광주발 10회, 목포발 12회로 운행간격이 2시간 정도이나 향후 광주송정역의 경우 29회로 늘기 때문에 30분 간격으로 좁혀진다. 이용객도 하루 5000명~1만2000명이 될 것으로 예상된다.

광주시가 자동차 100만 대 생산 도시를 조성하고 아시아 문화전당 개관 및 U 대회 등을 여는 데 광주송정역이 중요한 역할을 할 것이다. 나주역의 역할도 크게 바뀐다. 혁신 도시가 10분 거리에 있고 서울에서 나주까지 2시간이면 당도하기 때문에 출장이 쉬워진다. 나주역과 인접한 함평, 무안, 영암, 강진, 장흥, 화순과 대중교통 환승체계를 잘 구축하면 교통 중심지 목사골의 옛 영화를 다시 누릴 수 있게 된다.

서남권 교통 종착역인 목포역 역시 KTX 개통 효과가 기대된다. 서울에서 목포까지 2시간대로 올 수 있어 오전 관광을 시작할 수 있다. 특히 무안, 신안, 영암, 해남, 완도, 진도 등 다도해를 연결시켜 주는 허브 역할이 가능해 해양 관광 중심 도시로 자리매김된다. 전라선도 40분 단축되면서 용산~여수 간 2시간 30분대가 된다. 여수엑스포와 순천만국제정원을 찾는 관광객들이 급증할 것이며 여수~고흥 연륙교까지 개통되면 남해안 섬 관광이 크게 활성화될 것으로 보인다.

반면 KTX 개통에 따른 우려도 예상된다. 의료와 쇼핑의 수도권 유출이 그것. 지자체와 지역민들이 합심해 '되'로 주고 '말'로 받는 지혜를 발휘해야 한다. 부산도 KTX 개통으로 상권 위축을 우려했지만 실제로는 미미했다. 부산국제영화제 등 관광 개발로 위기를 기회로 잘 활용한 것처럼 우리 지역은 자연환경이 좋아서 수도권 대형병원이 제공하지 못하는 장기휴양, 요양치료 서비스를 지역병원에서 개발할 필요도 있다.

일본 신칸센의 경우도 우리에겐 반면교사다. 신칸센을 잘 활용한 아오모리현 하치노헤시역과 그렇지 못한 이와테현 니노헤역이 대표적인 사례다. 신간선이 개통되자 아오모리현 하치노헤시역은 관광객을 200만 명 이상 유치하는 데 성공했다. 상공회의소가 앞장서서 그 지역 전통 요리인 '센베지루^{된장 국물에 과자를 넣어 끓인 요리}'를 홍보해 대박을 터트렸다. 반면 이와테현 니노헤역은 개통 전보다 도시가 위축되고 말았다.

지난해 유럽 각국을 돌며 기차를 통한 관광객 유치에 성공한 지역을 벤치마킹한 적이 있다. 연간 5000만 명이 찾는 세계 관광 대국 스페인에서 받은 감동은 잊지 않는다. '관광 산업이 생활이고 즐거움'이라는 국민 의식에 깜짝 놀랐다. 식당, 호텔, 관광지 등에 종사하는 사람들도 탄탄한 전문성을 갖췄으며 자식들에게 자랑스럽게 물려주겠다고 할 만큼 자부심이 강했다.

우리는 어떤가. '관광업에서 빨리 돈을 벌되 절대로 자식들한테는 물려주지 말아야 할 직업' 아니던가. 그러니 바가지 유혹도 생기고 노하우마저도 없다. 이제는 관광을 가업으로 삼아 대물림하겠다는 전문가 마인드로 무장해야 한다. 이제 답은 명확해졌다. 호남 고속 철도를 지역 축제, 국제 행사, 관광 개발, 혁신 도시에 접목시키자. 광주U대회를 성공적으로 치루고 아시아문화전당을 관광객으로 붐비게 하고 혁신도시 정주 인구를 늘려야 한다. 그 중심에 KTX가 있다. 우리에게 '굴러온 복덩이' 호남선 고속 철도를 적극 활용하자.

호남 고속 철도,
남도 관광의 훈풍이 되어라

2015. 3. 24. 전남일보

마침내 4.2일 남도가 기다리던 호남 고속 철도가 개통된다. 거리 곳곳에 개통을 경축하는 플래카드가 걸려 활짝 핀 매화꽃처럼 지역을 들뜨게 하고 있다. 어느덧 장안의 화제가 되어 개통의 훈풍 효과를 기대하기도 하고, 또 한편으로 불청객인 황사처럼 불편한 철도가 되지 않을까 걱정도 한다. 옛 우화 중에 짚신 장사 큰아들과 우산 장사 둘째 아들을 둔 어머니 이야기가 있다. 비 오면 큰 아들 걱정, 날이 쨍하면 둘째 아들 걱정에 눈물로 날밤을 새는데 어느 날 현자가 와서 반대로 생각하라 했더니 매일 좋은 날이 됐었다 한다.

이렇듯 호남 고속 철도 마찬가지 관점에서 생각해 볼 필요가 있다. 뜨거운 지역민의 염원을 담아 8조 원을 넘게 투입하여 개통한 만큼, 옥동자로 생각하고 잘 키우는 일과 반대로 빚덩이 아들이라 불평하며 천덕꾸러기로 키우는 것의 차이는 나중에 불을 보듯 뻔하게 달라질 것이다. 이제는 지역민이 머리를 맞대고 호남 고속 철도를 지역 발전의 옥동자로 키우기 위해 지혜를 모을 때다.

올해로 50년이 넘는 일본 신칸센 개통 사례도 우리에겐 반면교 사다. 신칸센을 적극 활용하지 못한 이와테현 니노헤역은 도시가 위축되었지만 반대로 아오모리현 하치노헤시역은 관광객을 적극 유치하여 관광 명소가 되었다. 그런 면에서 먼저 개통한 경부선 성 공 사례도 눈여겨보자. KTX 울산역의 경우 울산 시내와 30km 떨 어져 있어 자칫 유령역이 될 뻔했지만 리무진 버스를 투입하여 잘 극복하였다. KTX 개통을 지역 발전의 호기로 생각한 울산광역 시는 5개 노선의 빠르고 쾌적한 리무진을 투입한 결과 분담률이 40%로 껑충 치솟아 승용차 33%, 일반버스 13%, 택시 14%를 훨 씬 앞질렀다. 이로써 이용객이 일평균 15,000명 수준으로 개통 초 기보다 80프로 넘게 늘어났다. 부산의 경우는 서울 사람들이 "슬 리퍼 신고 놀러갔다 올께"라는 농담이 나올 정도로 관광 도시가 되 어 KTX 개통 덕을 톡톡히 보고 있다.

이번 4.2일에 포항역도 동시에 고속 철도가 개통된다. 포항시는 역을 경유하는 시내버스를 확대하고 영덕 등의 동해안 관광지로 가기 편하게 연계 교통을 준비하는 한편, 고래 고기로 유명한 죽도 시장에 개통 기념 10% 할인 이벤트를 열어 축제 분위기를 만들면

서 관광객을 유혹한다. 대구시는 국내 최초 모노레일 도시철도 3호
선을 곧 개통하고 관광객을 모은다고 한다. 전북도는 3월 초에 '호
남 고속 철도 개통에 따른 관광정책 세미나'를 열고 향후 2020년 기
준으로 연 63만~110만 명의 관광객이 증가할 것으로 예상하고 상
품 고급화 전략에 안간힘을 쓰고 있다. 최근 광주시·전남도에서
도 관광 활성화 정책을 추진하고 있으니 도민들도 함께 힘을 보태
야 할 것이다.

　이제 전국 주요 도시는 2시간대로 KTX가 운행한다. 그래서 대구,
부산, 울산, 포항, 마산 등의 도시가 광주, 목포, 순천과 무한 경쟁
에 돌입하게 되었다. 수도권 사람들에겐 선택의 폭이 넓어져 즐거
운 비명을 지르게 됐지만 지역에서 볼 때는 노력 여하에 따라 희비

가 엇갈리는 운명이 되었다. 이젠 남도가 똘똘 뭉쳐 관광객 유치에 힘을 모아야 한다. 우리의 최고 경쟁력은 푸짐하고 맛깔스런 음식, 남사답사 1번지 등 풍부한 스토리가 담긴 문화 자원, 그림처럼 아름다운 다도해 섬이다. 이런 구슬들을 잘 꿰서 다른 곳과 차별화되고 경쟁력 있는 상품을 개발해야 한다.

예를 들어 강원도에 간다면 강릉만 보지는 않는다. 어렵게 간 김에 속초도 보고 동해, 삼척까지 관광할 것이다. 마찬가지로 목포에 온 관광객도 목포뿐만 아니라 신안, 강진, 해남, 진도까지 가고 싶어 한다. 이런 문제를 해결하려면 KTX 정차역인 광주송정, 나주, 목포, 순천, 여수역 중심으로 인근 지자체들이 연대해서 상품을 구성하고 버스 지원과 할인행사 등을 할 필요가 있다. 준비하고 노력한 자만이 달콤한 열매를 먹을 수 있다. 이번에 개통하는 호남 고속 철도를 잘 활용하여 진정으로 남도 관광을 활성화하는 옥동자가 되기를 간절히 바란다.

잘되는 집안은
가지에 수박이 달린다

2015. 4. 14. 전남일보

호남선 기찻길에 배꽃이 흐드러지게 피었다. 나주 들판 곳곳마다 순백의 찹쌀을 뿌린 듯 만개한 배꽃 사이로 호남 고속 열차가 시원하게 달리는 모습을 보니 참으로 멋있고 흥겹다. 이제야 눈물 젖은 호남선, 비 내리는 호남선이 아니라 우렁찬 희망을 실어 나르는 복덩이이자 희망둥이 철도가 된 기분이다.

하는 일이 잘되는 모양을 표현한 속담이 몇 개 있다. "마당 쓸고 돈 줍고, 도랑 치고 가재 잡고, 호박이 넝쿨째 굴러 떨어진다, 잘되는 집안은 가지에 수박 달린다, 복은 웃음을 타고 온다" 등인데 듣기만 해도 기분이 좋아진다. 세상일은 잘된다고 하면서 신나게 해야 더 잘되듯이 마음먹기에 달려 있나 보다.

지난 4.2일 개통한 호남 고속 철도는 남도민의 기대 반 걱정 반 속에 탄생하였다. 그러나 운행하고 보니 여러 가지 좋은 일들이 생기고 있다. 광주송정과 나주, 목포역에 손님들이 북적이면서 교통 풍속도가 변하기 시작했다. 존재감이 적었던 나주역도 KTX가 24회로 대폭 늘어나면서 서남권 교통의 중심지로 부상하고 있다. 산통을 겪고 어렵게 태어났지만 이제는 귀염둥이, 복덩이로 잘 키워야 하는 이유를 찾게 된 것이다.

최근 나주역에 손님이 늘어나면서 생긴 좋은 효과 몇 가지를 소개한다. 첫째는 택시 업계의 주름살이 펴지고 있는데 얼마 전까지만 해도 하루 벌어 사납금, 유류비 내기도 힘들었지만 이제는 2만 원 정도 수익이 남는다고 한다. 그래서인지 어제 만난 역전 기사분은 더 친절하게 손님을 모시겠다고 한다.

둘째는 남도 기차 여행 상품으로 KTX 패키지 상품 개발이 다양해졌다는 것이다. 엊그제 나주역에 8시 47분에 도착하여 강진, 청산도를 당일로 다녀오는 코스가 비싼 가격임에도 수십 명의 관광객이 도착하는 것을 보고는 품격 있는 상품 개발에 힘써야겠다는 생각을 했다. 고속 철도 개통으로 관광 시간이 2시간 늘어난 덕분이다.

세 번째로는 친지 방문이 증가한다는 것이다. 먼저 개통한 경부선의 예를 보더라도 가장 많이 늘어난 부분이 가족 친지 방문이다.

전에는 멀어서 엄두가 나지 않았지만 귀성이 쉬워져서 2~3배 늘어났다. 어제 만난 손님도 전에는 승용차로 왔던 조상님 시제에 이번에는 일부러 고속 철도를 타고 왔다고 했다. 이런 친지 방문객은 지역 경제에 큰 도움을 주는데 식당 외식을 하고, 부모님 옷을 사드리는 등 여러모로 관광에 돈을 쓰기 때문이다.

일전에 양구 군수님은 이런 말씀을 하셨다고 한다. "버스, 승용차로 관광 오신 분은 쓰레기를 남기지만 기차로 오면 돈을 떨어뜨리고 간다." 그 이유는 기차 여행객은 역에서 내리는 순간부터 돈을 쓰기 때문이다. 택시·버스를 타고 선물도 사고 매 끼니를 지역에서 사 먹으니 이렇듯 고속 철도 개통은 여러모로 지역 경제 풍속도를 바꾸고 있다.

'잘되는 집안은 가지에도 수박이 달린다'고 한다. 우리가 호남 고속 철도를 아끼고 잘 키워보면 좋은 일이 많이 생길 것이다. 많이 탈수록 열차 횟수도 더 늘어날 것이며 차후 광주송정에서 목포까지 2단계 고속철도 사업도 빨라질 것이다. 이제 호남선은 결코 우울하거나 슬프지 않다. 호남선 때문에 관광객이 붐비고 친환경 기업이 들어오고 귀농인이 많아질 것이다. 희망으로 가득 찬 호남선을 생각하니 아버님이 즐겨 들으시던 가야금병창 '호남가'가 절로 생각난다.

"함평천지 늙은 몸이 광주고향을 바라보니…(중략)…삼천리 좋은 경은 호남이 으뜸이더라. 거드렁 거리고 지내보세~"

'비 내리는 호남선' 아닌, '골드러시 호남선' 만들자

2015. 5. 19. 전남일보

미국 역사상 가장 격동적인 시기 중에 하나는 남북전쟁에 이어 서부개척시대라고 한다. 흔히 1860년에서 1890년까지를 말하는데 1848년도에 캘리포니아에서 금광이 발견돼 골드러시가 시작되면서 역동적인 서부개척시대가 펼쳐졌다. 일확천금을 꿈꾸고 온 사람이 얼마나 많았는지 이듬해 온 사람들은 '49년에 온 사람들49er' 라는 별칭까지 생길 정도였다. 한국전쟁 당시 38선을 넘어 온 사람들을 '38따라지'라고 했다.

하여튼 그때 동부에서 서부까지 마차로 넘어오는 기간이 4~6개월씩 걸렸다. 당연히 철도 건설의 필요성이 절실하게 대두됐고 6년 난공사 끝에 1869년에 대륙 횡단 철도가 개통되었다. 이로써 미국은 동부와 서부가 하나로 연결되고 본격적인 서부 시대가 도래하면서 미합중국의 초석이 되었다.

지난 4.2일 호남 고속 철도 개통으로 조만간 '호남선 골드러시'가 기대된다. 당초의 예상을 뛰어넘는 호남선 이용객을 보면서 향후 대변혁이 올 것으로 전망된다. 실제로 좌석이 동나서 입석객이 붐비고 있다. 이는 20년 만에 처음으로 대단한 이변임에 틀림없다. 아침 시간대 관광객 위주의 손님부터 오전에 정장 차림의 직장인까지 수백 명이 내리는 모습을 보면 가히 서부 시대를 보는 것 같다. 이제는 남도로 몰려오는 사람들을 어떻게 맞이해야 할지 고민해야 할 때이다.

6년 전 목포역장으로 근무할 때 지역 기업 대표를 만난 적이 있다. 경상도 안동 출신인데 타향 목포에서 맨손으로 해운업을 일군 분이다. 그분 덕택에 목포~제주 간 여객선 손님이 늘었고 배를 타고 제주도에 가려면 당연히 목포로 오게 만들었다. 당연히 목포 관광에 크게 기여했다. 이처럼 외지 출신업체 대표의 노력과 기여가 지역 발전에 얼마나 큰 기여를 했는지 눈여겨 볼 대목이다.

사실 서울과 달리 지역에서 타향 분들이 와서 성공하기가 쉽지 않다고 한다. 지역민들끼리 끈끈한 연대감 때문에 경계심도 작용한 게 아닐까. 이제는 달라져야 할 때다. 지역 발전과 일자리 창출을 위해서는 외지 분들을 잘 모시고 또 성공하도록 도와야 한다.

한때 대한민국도 외국인 투자자를 유치하기 위해 '바이^{Buy} 코리아'를 외쳤고, 요즘 경기도는 '경기도를 쇼핑하라!'는 슬로건을 외치고 있지 않던가.

이제 우리도 이번 호남 고속 철도 개통을 계기로 남도를 찾는 이들이 그냥 돌아가지 않도록 해야 한다. 먼저 남도의 황금 금맥을 찾아서 잘 보여주고 '남도에 투자하라'고 권해야 한다. 우리의 광맥은 무궁무진하다. 청정자연과 숨 쉬는 숲, 친환경 농수축산물, 맛깔난 남도음식, 보물 같은 다도해 등이다. 여기에 수준 높은 남도소리, 가사문화와 누정, 태백산맥 같은 문학작품, 아시아 문화전당, 남도답사 1번지 같은 스토리들이다. 이런 금싸라기들을 잘 엮어낸다면 고부가가치 광맥이 될 것은 자명하다.

이제 눈물의 호남선, 비 내리는 호남선, 차별받는 호남선 시대는 보내버리고 희망의 호남선, 역동의 호남선으로 만들어 보자. 지역민은 호남선의 부정적인 요인보다 장점을 더 알리고, 남도의 후한 인심과 금맥을 토대로 '호남을 쇼핑하라'고 외쳐야 한다. 전국의 투자자가 몰려올 것이다. 호남에 와서 성공한 기업이 늘고 돈을 벌었다는 소문이 날 때 투자자들의 행렬 역시 늘어갈 터다. 이 지역의 풍요로움을 누리도록 최대한으로 배려해야 할 때다.

KTX로 강진 여행길 시원하게 뚫렸다

2015. 5. 강진신문

"나주역까지 단 두 시간, 그리고 강진 가는 길 40분, 이 얼마나 경이로운 일인가. 몇 년 전 여름에 차를 몰고 서울을 출발하여 강진 병영을 갔을 때, 나는 엉덩이가 시트에 달라붙어(?) 떼어내느라 한참을 고생한 기억이 난다. 부실한 아침상에 인생이 덧없음을 느꼈다면 KTX를 타겠다는 결심만 내리면 된다. 예전에는 서해 바다를 보려 해도 대천까지 세 시간 이상 가야했는데 이젠 같은 시간에 옥색 남해 바다를 볼 수 있으니 굉장히 고마운 일이 아닐 수 없다. 나는 바로 강진으로 향했다. 점심으로 석천면에 들러 만원 버스 같은 한정식 상을 받았다. 글자 그대로 '상 받은 느낌'이다. 구글어스에서 내려다본 것처럼 육해공 식재료들이 와글와글 모여 있다. 강진의 한정식은 남도에서도 소문났지만 하도 푸짐하여 무엇부터 먹어야 할지 망설여진다." 이 글은 지난 4.23일 강진을 다녀간 중앙

언론 기자단 스포츠서울 기자가 쓴 글이다.

이 기자는 강진 곳곳마다 다니면서 자주 감탄을 했지만 기행문
첫마디를 상다리 휘어지도록 차린 한정식에 매료됐다고 썼다. 스
포츠월드는 "호남 고속 철도 개통. 자, 남도로 떠나자!"라고 헤드
라인을 썼고, 아주경제는 "아침은 서울에서, 점심은 전남에서…"
라는 제목을 뽑았다. 동아일보는 "KTX로 나강 나주·강진여행길"이란
새로운 말을 만들면서 "교통 오지 강진, 서울서 세 시간이면 도착"이
라고 기사를 썼다. 한국경제는 "다산·영랑의 자취 가득한 강진. 청자
박물관에 가면 비취색 상감 매력에 쏙 빠진다"라고 고백하였다.

KTX 의자마다 비치된 기내지에도 5월호 특집기사를 강진으로
실었다. "무르익은 봄날 축복의 땅 강진"이란 제목으로 무려 21페이
지에 걸쳐 다산초당, 사의재, 백련사, 백운동 별서정원, 월출산과 녹
차밭, 청자박물관 칠량옹기, 무위사, 한국민화뮤지엄, 가우도, 주작
산자연휴양림을 소개하였다. 특히 오감누리타운, 마량놀토수산시
장, 농특산물 직거래 지원센터와 강진한정식, 회춘탕, 갈치찜 등을
소개하여 맛의 고장 강진을 유감없이 홍보하였다.

이제 강진은 호남 고속 철도 개통과 더불어 국민의 관심사가 되
었다. 3시간이면 올 수 있다는 물리적 거리보다 인천 가는 시간에
강진에 올 수 있다는 정신적인 거리감이 더 좋아졌다. 그런 만큼

강진 찬사의 기사를 보고 올 관광객을 맞이할 준비가 중요하다. 필자도 국내외 많은 관광지를 보고 왔지만 그중에도 가장 인상에 남는 것은 그곳의 사는 사람들의 친절한 인심이다. 스페인에서는 '올라' 하면서 웃어주고, 일본에서도 '아리가또 고자이마쓰'를 수없이 들었듯이 강진에서도 관광객을 보면 '와줘서 고맙소 잉, 잘해 드릴랑께요'라고 인심을 베푼다면 큰 감동을 받을 것이다.

관광 산업은 여러 가지로 부가 가치가 높다. 오신 분들이 사먹는 식사, 입장료 수입도 좋지만 강진 상품을 구매토록 하는 것도 큰 수입이다. 강진 관광 와서 사고, 돌아가서 직구매하도록 해야 할 것이다. 유기농 쌀, 파프리카, 여주, 전통장류, 딸기, 장미 등 강진 농수산물이 제값을 받고 직거래 장터와 전국 시장에서 인기를 끌도록 하는 것도 관광을 통해 이루어 낼 수 있는 효과이다.

이번 팸투어를 마치고 기자들 소감을 들어보니, 환영 만찬회에 군청 관계자뿐만 아니라 군의회 의원이 참석한 것을 보고 전국 어디 가도 보기 드문 사례라면서 군과 의회가 관광객 유치에 힘을 모으는 것을 보고 감명을 받았다고 했다. 이렇듯 강진이 대한민국 답사 1번지, 감성 1번지가 되도록 온 군민이 한 마음으로 지혜를 모아 철도를 활용한 관광객 유치에 힘을 모으고 있으니 좋은 결과가 기대된다.

KTX 광명역, 항공과 멋진 랑데부

2018. 1. 24. 광주매일신문

　요즘 '완전 좋아, 딱 좋아, 아주 좋아'라는 유행어가 인기다. 노래도 흥겹고 건강식품을 홍보하는 데 제격이다. 우리 몸이 튼튼하려면 무엇보다 혈관이 '딱' 좋아야 한다. 무려 10만km의 길을 통해 온몸에 영양소, 산소, 노폐물을 운반하는데 혈관이 나쁘면 고혈압 등 각종 병이 생긴다. 통상적으로 도로, 해운, 철도, 항공 등 교통을 몸의 혈관에 많이 비유한다. 로마가 유럽을 지배할 때 '모든 길은 로마로 통한다' 했고, 대항해시대가 도래하자 '바다를 지배하는 자가 세계를 지배한다'며 해양은 제국주의 각축장이 되었다. 산업혁명의 꽃은 대량 수송의 증기 기관차가 이끌었으며, 2차 세계 대전을 통해 비약적으로 발전한 항공은 지구촌 시대를 열면서 하늘을 주름잡기 위해 국가마다 허브 공항을 건설한다.

우리나라 국책 사업 중 성공 모델로는 1970년 경부 고속도로 개통과 2001년 인천국제공항 개항을 꼽을 수 있다. 경부 고속도로는 국토 대동맥 역할을 하면서 경제 개발을 촉진시켰고 인천공항은 세계 최고 공항으로 우뚝 서면서 글로벌 시대를 열었다. 인천의 경우 출발부터 동북아 허브공항을 목표로 유럽 최정상의 암스테르담 스키폴공항, 영국 런던 히드로공항과 아시아의 싱가포르 창이공항을 벤치마킹하여 건설했지만 이제는 오히려 그들이 찾아와 리모델링 구상을 하게 되었다.

'성을 쌓는 자 망하고, 길을 내는 자 흥한다'라는 말은 새겨들어야 할 명언이다. 삼면의 바다가 있고 대륙과 연결되어 중국, 러시아, 일본의 중앙에 위치하여 지정학적으로 매우 중요한 한국은 길을 많이 만들어야 성공할 수 있다. 아쉽게도 대동여지도를 만들어 조선의 길을 편리하게 하려던 김정호의 역작을 살리지 못하고 이양선을 무조건 배척하고 쇄국의 길을 간 조선은 일본의 지배를 받게 되었다. 일본의 경우 1868년 명치유신을 단행하고 서양의 신문물을 배우기 위해 대규모 사절단을 파견하여 프랑스의 나폴레옹 군대, 영국의 조선과 해군, 독일의 프로이센 헌법, 네덜란드의 건축을 배우고 미국에 가서 대륙횡단기차를 보고 철도를 주도적으로 건설하였다.

코레일은 국가의 길을 넓히기 위해 노력하고 있다. 2004년 경부·호남 고속 철도를 운행하여 반나절 생활권을 만든 데 이어 2010년 경부 고속 철도 2단계, 2015년 호남 고속 철도 개통, 2017년 강릉까지 개통하여 KTX가 나라의 혈관이 되었다. 여기에 인천공항의 접근성을 높이기 위해 2014년 KTX 직결운행을 시작하고 금년 1.17일 광명역에 도심공항터미널을 개설하였다.

광명역 도심공항 터미널로 인해 남도민의 해외여행이 훨씬 편리해졌다. 광명역에 KTX로 도착하여 터미널에서 항공권 발권, 수하물 탁송, 출국 심사를 받고 리무진 버스로 공항 가서 별도 통로로 출국장으로 들어가기까지 약 2시간 40분이 소요되어 기존 육로보다 최대 1시간 40분을 절약하게 되었다.

호남이 웅비하려면 세계와 빈번한 교류를 하고 국제공항과 가까워야 한다. 그런 면에서 광명역 공항 터미널 오픈으로 해외 출국이 쉬워진 점을 잘 활용하면서 향후 호남 고속 철도 2단계 사업으로 연결되는 무안국제공항의 재도약도 잘 준비하자. 무안국제공항이 고속 철도로 서울·부산까지 연결되면 공항 활성화의 계기로 삼아 명실상부한 남해안 거점으로 만들어 내자.

남도에 철도 관광
르네상스 시대 온다

2018. 1. 24. 광주매일신문

남도는 누구나 한번쯤 꼭 가보고 싶은 곳이다. 산, 강, 섬, 바다가 아름답고 오래된 문화와 전통이 살아 있어 일상의 바쁘고 찌든 때를 벗기면서 심신의 힐링healing을 느껴보고 싶은 곳이다. 그래서 추운 겨울에 따뜻한 순천만을 날아오는 흑두루미처럼 사람들도 무작정 기차를 타고 남쪽으로 오고 싶어진다.

그동안 남도는 수도권에서 멀기 때문에 쉽게 접근하기가 어려웠다. 근방에 인천과 서해안이 있고 2시간이면 동해바다로 갈 수 있어 상대적으로 남도는 축제 및 친지 방문 등 특별한 때에만 올 수 있었다. 그런 덕분에 남도는 우리나라의 숨겨진 보고로 남아 있게 되었고 특히 보석처럼 박혀있는 3천여 개 섬은 이제야 서서히 신비의 베일을 벗고 있는 중이다.

코레일은 남도 구석구석에 박혀있는 아름다운 관광 구슬을 철길이라는 실로 꿰서 최고 가치의 보석으로 만들고자 한다. 그동안 남해안 철길은 건설한 지 100년이 넘어 경전선은 뱀처럼 구불구불하고 운행 시간이 많이 걸려 이용객이 갈수록 감소하였다. 그러나 2004년 호남선 KTX에 이어 2011년에 여수까지 KTX가 개통되어 여수엑스포에 기여하였고, 2012년에 경전선도 진주까지 개통되어 서울에서 3시간대로 올 수 있게 되었다.

그래서 코레일에서는 좋아진 철도를 적극 활용하여 남도 관광 활성화의 계기로 삼고자 공기업으로는 이례적으로 2012년 11월에 순천역에서 해양 관광개발사업단이라는 특별 조직을 출범시켰다. 해양사업단은 관광 활성화를 위한 5대 실천과제를 설정하여 관광 인프라 구축 및 기차 관광 상품 개발 사업을 착수하였다.

첫 번째로 남도 중심이며 세계 4대 미항으로 손색이 없는 여수와 남중권 지역 관광을 위해 근해 유람선, 요트 체험, 금오도 비렁길, 경도 골프 관광 등 다양한 해양 관광 기차 상품을 개발하며 점차 남중권, 다도해권, 한려 수도권으로 늘려 갈 것이다.

두 번째로 남해안의 중심축인 여수, 목포, 진주, 부산 등 거점역에서 유람선과 해양 레포츠를 연계시킨다는 것이다. 유람선으로 섬과 연륙교, 해안 절경, 낙조를 볼 수 있도록 하며, 요트 체험 상품으로 목포, 여수 마리나를 연계한다. 아울러 차츰 부상하고 있는 국제 크루즈 사업과도 협력을 추진할 계획이다.

세 번째로 남도는 먹거리와 숙박 시설도 남다르다. 국민 누구나 인정하는 남도 음식은 그 자체가 관광이다. 대형 숙박 시설은 부족하지만 한옥과 어촌 민박 등 차별화한 시설이 좋아 최근 떠오르고 있는 힐링 여행에 제격이다. 이런 장점을 살려 코레일이 인증하는 '코레일 빌리지village'사업을 추진한다. 코레일에서 엄선한 관광지, 식당, 한옥에서 관광객들은 안심하고 이용할 수 있게 된다.

네 번째로 경전선에 테마역을 조성하고 이곳을 연결하는 전용 관광 열차를 운행한다. 경전선은 오래된 선로 원형이 남아 국민들 사이에 복고풍과 슬로우 바람이 불면서 이곳을 찾는 사람이 늘고 있다. 오래되고 스토리텔링이 풍부한 태백산맥의 벌교역, 녹차 수도 보성역, 드라마 〈여름향기〉 명봉역, 아름다운 간이역이면서 근대 문화유산인 남평역, 섬진강과 화개장터의 하동역, 코스모스 북천역 등을 관광 열차를 타고 느리게 둘러보는 여유 만점의 관광을 즐길 수 있다. 또한 테마역에서 인근 관광지로 갈 수 있도록 버스와 관광 콜택시도 이용할 수 있는 연계 시스템을 구축한다.

다섯 번째로 지자체와의 긴밀한 협력 네트워크를 구축한다. 남도 해양 관광 사업의 성공은 코레일과 지자체 및 지역민 간의 상생 협력이 매우 중요한 게 사실이다. 지난해 여수 엑스포 KTX 운행과 올해 순천 정원 박람회 수송 지원 등은 좋은 본보기이다. 코레일은 열차 운행과 관광객 유치 마케팅을, 지역은 '연계 교통·특화된 먹거리와 잘거리·테마역 조성'에 적극 나서며 정부 차원의 법, 제도 마련과 예산 확보를 위해서도 공동 노력을 전개하여 시너지 효과를 발휘할 것이다.

이번에 코레일이 남도 해양 관광 개발을 위해 나선 만큼 지자체와 지역 간의 상호상생협력을 이뤄내 남도가 세계 최대의 해양 관광 명소로 발전하는 데 적극 노력할 것이다.

S-트레인 관광 열차
남도 관광 아이콘으로

'덜커덩~ 덜커덩~ 기차소리를 들어본 적 있나요' 어릴 적 기차를 타면 으레 들었던 소리를 우리는 언제부터인지 잊고 산다. 300km의 고속 열차가 생기면서 짧은 레일을 하나로 연결하는 첨단 기술로 이음매가 없어졌기 때문이다. 바쁘게 살다 보니 그런 소리를 놓쳐 버린 것은 아닐까. 가끔 도시 생활을 박차고 나가 조용하고 포근한 자연과 함께 기차 여행을 꿈꾸곤 한다. 기차 안에서 시골 사람들의 구수한 사투리도 듣고 싶고 이를 모를 간이역에 내려 무작정 시골길을 걷고 싶기도 하다.

다행히 70년대 아날로그적 추억과 감성을 느끼게 해 주는 관광 열차가 최근 이 지역에서 운행된다. 오는 27일부터 운행하게 될 '남도 해양 관광 열차 S-트레인'이 그것. 영호남 화합과 교류 활성화

▲ S-트레인이 머무는 추억의 7080 득량역

를 위해 매일 광주와 부산에서 동시에 출발한다. 섬진강 하동역에
서 만나게 되며 각각 마산과 여수를 보고 돌아가도록 열차 스케줄
을 짰다. 처음으로 영호남을 연결해 준 경전선은 경상도와 전라도
의 앞 자를 따서 이름 지었다. 1930년 송정리~여수까지 건설됐
고 이후 순천에서 진주~부산까지 연결됐다. 그중 호남 구간은 당
시 선로 원형이 그대로 있어 선로변 풍경이나 정거장은 옛날 모습을
간직하고 있다. 이름만 들어도 알 수 있는 남평, 보성, 득량, 벌교,
순천역 등이다. 그동안 아름다운 경전선에 관광 열차를 운행하자
는 지역민들의 의견이 많았었다. 코레일에서 지역 관광에 새바람
을 일으키기 위해 S-트레인을 운행한다.

S-트레인은 타고, 보고, 느끼는 재미를 위해 '남도의 맛과 멋을 담은 관광 열차'로 콘셉트를 정했다. 디자인도 남도 특색을 살린 거북선, 학, 동백꽃 등으로 장식했다. 타는 재미를 위해 국내 최초로 보성 녹차를 마실 수 있는 다례실을 만들었다. 남도 맛을 살린 도시락을 먹을 수 있는 레스토랑과 카페, 가족실, 힐링실, 레포츠실도 있다. 남도 공연과 문화를 체험할 수 있는 이벤트실도 갖췄다.

　보는 재미를 위해 테마역에 20분 정도 머물러 역을 감상하도록 했다. 가면서 즐기는 관광 열차가 된 셈이다. 티^{Tea} 갤러리로 꾸민 남평역은 국내에서 가장 아름다운 간이역이라는 타이틀에 걸맞게 순수 자연 조경과 레일 바이크 공원도 볼만하다. 특히 곽재구 시인의 '사평역에서'라는 시의 모티브를 제공했을 정도로 간이역 풍광이 살아 있다. 다음 득량역은 '벚꽃 천국역'이라는 이름답게 오래된 벚꽃 나무가 많아 봄철이면 꽃비가 내린다. 특히 역전 거리에 37년째 영업 중인 다방과 이발소는 관광객들의 탄성을 자아낼 것으로 보인다. 초등학교와 만화방 등을 꾸며 보는 사람들로 하여금 추억에 잠기게 한다.

　S-트레인이 경상도에 들어서면 하동역에 정차한다. 이곳은 경전선이 완전 개통된 1968년에 건설됐으며 화개 장터와 대하소설 '토지'의 배경지인 최참판댁이 있다. 다음엔 코스모스 북천역에 정차하는데 역에 온통 코스모스가 심어져 기차에서 내리는 순간 꽃

속에 파묻히게 된다. 진주~마산까지 운행하고 돌아오는데 중간역 어디든지 내려 주변 관광을 할 수 있도록 했다.

가족, 친구, 연인과 추억을 만들도록 프로그램을 짰다. 객실에서 다례체험을 하고 이벤트실에서 남도 공연을 보는 등 문화 체험을 할 수 있다. 정차역마다 역 인근 관광을 할 수 있도록 시티 투어와 셔틀 버스 등이 연계돼 있다. 역장이 역 주변 맛집과 숙박업소를 '트레인 하우스Train House'로 지정하여 안심하고 이용할 수 있다. 아무쪼록 지역민의 염원을 담은 S-트레인이 인기 관광 열차로 활성화돼 남도 관광의 인기 아이콘이 되기를 기대한다. 전국에서 S-트레인을 타러 오는 고객들이 남도를 새롭게 느끼고 감동할 것이다.

지구 살리는 녹색 생활, 기차 타기로

2011. 3. 15. 목포투데이

우리는 최근 며칠 동안 잠 못 이루는 밤을 보내고 있다. 가깝고도 먼 이웃 나라 일본에서 벌어지고 있는 대지진과 쓰나미 그리고 원전 폭발로 인한 방사능 공포를 보면서 남의 일이 아니라는 사실에 경악을 금치 못한다. 이런 자연 재앙에 커다란 집들이 성냥갑처럼 무너지고 사랑하는 형제 가족이 가랑잎처럼 순식간에 떠내려갈 때 우리는 아무것도 할 수 없이 무기력하게 당할 수밖에 없다는 것을 걱정하면서 떨리는 가슴을 쓸어내린다.

그런데 설상가상으로 나쁜 일은 겹쳐서 닥쳐온다. 최근 리비아 사태 등 중동 국가들의 불안정한 정치 상황으로 국제 유가는 천정부지로 오르고 있다. 두바이유는 배럴당 110달러를 돌파하여 지난 2008년 배럴당 140달러를 돌파했던 악몽을 생각나게 하고 있다.

미국 포브스 수석기자 크리스토퍼 스타이너는 『석유 종말시계』란 책에서 수십 년 내 석유 고갈을 예측하면서 지금부터 미리 준비하지 않으면 세계 경제는 엄청난 소용돌이에 휘말리게 된다고 경고하고 있다.

그래서 최근 지구를 살리기 위해 범정부적으로 벌이는 '저탄소 녹색성장'을 우리가 주목해야 할 필요가 있다. 이산화탄소 배출과 에너지 사용을 줄이고, 숲을 살리고, 대중교통을 이용하는 녹색 생활을 우리가 적극 실천할 때 우리는 아름다운 지구와 더불어 살아갈 수 있기 때문이다.

녹색 생활은 어려운 것이 아니고 우리 주변에서 쉽게 실천할 수 있는 일이다. 예를 들어 목포에서 용산역까지 KTX를 타고 가면 소나무 10그루를 심는 효과를 얻을 수 있다. 왜냐하면 목포서 용산까지 CO_2 배출량이 KTX는 11kg, 승용차는 61kg으로 만약에 기차를 타면 50kg의 CO_2가 감소하니 그 효과는 소나무 10그루가 흡수하는 이산화탄소량과 맞먹기 때문이다.

그래서 정부도 대대적으로 가장 친환경적이고 정확하며 안전한 대중교통인 철도를 발전시키기 위해 적극적으로 투자하고 있다. 일본 국토교통성 자료에 따르면 철도는 자동차에 비해 CO_2 배출은 18분의 1, 에너지 소비량은 6분의 1에 불과하며 우리나라 철도 수송 분담률을 1%만 증대해도 에너지 소비 및 CO_2 저감 효과가 6,000억 원에 달한다고 하니 과히 녹색 성장의 해법은 철도에 있다고 해도 과언이 아니다.

지구 온난화와 자연재해를 예방하고 지구 환경을 살리는 '저탄소 녹색성장'을 추진하기 위해 코레일은 'GLORY운동'을 전개하고 있다. GLORY는 'Green Life Of Railway Yearning'의 약자로 '철도를 열망하는 녹색 생활'이란 뜻을 가지고 있다. GLORY운동은 작년부터 시작하여 코레일과 지역 사회가 하나 되어 철도 이용을 촉진함으로써 에너지를 절약하고 기차역을 도시의 관문으로 삼아 지역과 지역, 국민과 국민을 연결시키는 만남과 소통의 장소이자 문화가 흐르는 정겨운 기차역으로 만들어 가자는 국민운동이다.

목포역^{역장 박석민}도 글로리 운동을 적극적으로 추진하고 있다. 대중교통과 기차 타기 활성화를 위해 목포새마을지회와 함께 거리 캠페인을 벌였고, 유달산과 영산강을 지키기 위해 1사1산1강 가꾸기를 전개하고 있다. 목포역에 항상 문화의 향기가 흐르도록 갤러리를 조성하고 있으며 목포의 맛과 멋을 느끼는 관광 상품을 개발하여 철도 관광객을 적극적으로 유치하고 있다.

다시 한번 일본 지진 등의 세계적인 자연 재앙과 환경 파괴를 보면서 지구를 살리는 일에는 너와 나를 가리지 않고 다 함께 뜻과 힘을 모아야 한다고 생각한다. 저탄소 녹색생활은 정부와 기업, 그리고 시민 모두가 실천해야 효과를 볼 수 있으며 이를 위해서 코레일에서 더욱 열심히 GLORY 운동을 추진해 나갈 것이다. 우리 후손들에게 아름답고 살기 좋은 지구를 물려주기 위해서….

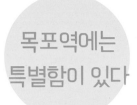

목포역에는
특별함이 있다

2012. 2. 20. 광주매일신문

역驛이란 무엇인가? 먼저 한자를 풀어보면 말 마馬, 그물 망罔, 그리고 행복할 행幸으로 나눌 수 있다. 의미를 모아보면 사람들이 말을 타고 와 그물처럼 모여서 행복해진다는 뜻으로 볼 수 있다. 영어로는 역이 Station인데 'sta−서다'에서 유래했다고 한다. 즉 역이란 가다가 멈추는 장소로 보는데 우리 쪽의 표현이 훨씬 낭만적이고 좋아 보인다. 이상의 의미를 종합해 보면 역이란 역시 재미있어야 하고 행복이 넘치는 곳이어야 한다고 본다.

우리가 살다 보면 괴롭고 피곤할 때가 왕왕 있다. 이럴 땐 어지러운 일상에서 벗어나 편안한 휴식을 하고자 여행을 떠난다. 마찬가지로 지나간 옛 추억을 찾거나 사람 냄새가 그리울 때도 역에 가고 싶어진다. 우리 부모님들은 명절이 되면 귀성하는 자식들을 마중하고자 역에서 손꼽아 기다리곤 했는데 이렇듯 국민의 희로애락과 추억이 녹아 있는 곳이 기차역이다.

우리 지역 목포에는 99년의 역사를 자랑하는 목포역이 있다. 호남선 종착역으로서 지역 산물이 전국으로 실려 가고, 오지 사람이 목포를 찾을 때 이용하던 관문이었다. 또한 목포뿐만 아니라 인근 다도해의 많은 섬사람을 연결하고 전국 각지에서 오는 관광객이 모이는 곳이라 오랜 역사만큼 시민의 애환도 많아 삼학도 갯내음처럼 사람 냄새가 물씬 나는 곳이다.

요즘 목포역은 특별한 '무엇'이 있다. 역 맞이방에는 전국에서 유일하게 미술관이 있어 기차를 타기 전에 쉽게 작품을 감상하는 재미가 쏠쏠하다. 또한 열차가 도착할 때마다 이난영의 '목포는 항구다' 노래가 나와 관광객을 신나게 한다. 역에서는 음악회도 자주 열린다. 미술 전시와 함께하는 클래식 음악회도 있었고 시내 유달 초등학교와 함께 창작 동요 발표회도 했다. 역에서 울려 퍼지는 아름다운 음악은 역을 찾는 사람들을 즐겁게 한다.

또한 역에는 철도 체험 학습장이 있어 어린이들에게 즐거움을 선사한다. 선로가 분기되는 역할을 하는 선로 전환기를 직접 돌려 볼 수 있고, 건널목 차단기를 조작해 보고 건널목 통과 방법에 대한 안전 교육을 들으며, 기차 운전 방향을 바꾸기 위해 기관차를 한

바퀴 돌리는 전차대와 신나는 간이 레일 바이크도 타 볼 수 있다.

역 맞이방에는 직원이 고객을 맞이하는데 칭찬 민원을 많이 받은 한 직원은 '칭찬합시다 운동본부'로부터 상도 받았다. 관광 도시 목포를 찾는 관광객들에게는 여행 안내 센터가 있어 큰 도움이 된다. 작년에도 전국에서 4천 명의 배낭 여행객을 목포로 유치하여 시티 투어와 요트 체험, 해남 땅끝 투어를 하여 큰 인기를 끌었다.

앞으로 목포역은 낭만과 즐거움이 넘치는 종합 엔터테인먼트가 가능한 행복역이 될 것이다. 여행을 갈 때 승용차보다 기차를 이용하게 되고, 역에서 상시 미술과 음악을 접할 수 있으며, 회의나 세미나 등의 행사를 할 수 있는 곳으로 만들고 싶다. 그래서 전 직원은 오늘도 역을 이용하는 국민이 더 행복해지도록 섬기는 자세로 즐겁게 근무하고 있다.

목포의 차세대 성장 동력으로
철도를 활용하자

2016. 10. 19. 목포투데이

필자는 속담을 좋아해서 대화 중에 자주 사용하는데 인생의 지혜가 녹아 있고 재미도 있기 때문이다. 최근 '길'에 대한 속담을 살펴보니 "천릿길도 한 걸음부터, 아는 길도 물어 가라, 길을 잃는 것은 길을 찾는 한 방법이다_{아프리카 속담}, 늙은 말은 길을 잃지 않는다_{몽골}" 등이 있었다. 그중에서도 "모든 길은 로마로 통한다"가 가장 절실하게 다가왔다.

로마 제국이 유럽을 석권한 것은 도로를 잘 닦은 덕분이며, 조선이 몰락한 것은 영화 '고산자 대동여지도'에 나오듯 국가가 도로 건설과 지도 제작 등에 부정적이었던 폐쇄 정책 때문이기도 하다. 조선은 도로를 잘 닦으면 중국 등 대륙에서 조선을 쉽게 침략할 것이라 생각하였으나, 로마는 그 반대로 병력과 물자를 빨리 수송해야 대륙으로 뻗어갈 수 있다고 생각했다. 생각의 차이가 나라의 운명을 바꾼 것이다.

일제 강점기에 목포는 전국 6대 도시로 호남에서 제일 번성하였다. 그때는 호남선 철도, 국도 1호선, 목포항 등 호남지역 교통의 거점 역할을 톡톡히 할 수 있어서 가능했던 것이다. 그런데 지금은 어떤가? 도로는 목포보다 광주, 순천이 더 잘 뚫렸고 항구는 광양항에 못 미치고 있다. 철도는 익산, 광주송정보다 더 열악한 실정이다.

목포가 발전하기 위한 장기적인 전략 수립이 중요한데 이것이 바로 경쟁력 확보이다. 도로와 항구는 열세라 장기적 회복이 필요하지만 철도와 항공 부문은 더 빨리 결실을 볼 수 있기 때문에 잘 활용하면 목포 부흥의 밑거름이 될 수 있다. 새삼 '교통이 발달한 도시는 망하지 않는다'라는 교훈을 되새겨 봐야 한다. 최근 도시는 광역도시 형태로 발전하는 추세다. 대표적으로 서울을 비롯한 경기도는 2,000만 명이 거주하는데 수도권을 촘촘하게 연결하는 도로와 지하철·전철이 있기 때문이다. 지난 9.24일에는 성남-여주 간에 경강선 전철이 개통되어 성남시, 광주시, 이천시, 여주시까지 수도권에 편입되었다. 둘째로 큰 부산권은 부산에서 울산, 마산, 거제까지 아우르는 대형 도시로 발전했다. 다음날 11.11일에는 부전-일광까지 동해선 전철이 개통되며 향후 울산까지 연결되어 부산-울산 간을 1시간대로 통합시킬 것이다.

인구 150만의 대전권은 인근 세종시까지 1시간대 BRT^{간선급행버스} 운행과 더불어 계룡시까지 연결하는 충청권 광역전철망을 구성하여 200만 명의 도시로 발전할 것이다. 인근 광주시도 나주 혁신 도시를 연결하는 광역철도망 기본 계획을 2010년에 확정하였다. 도시마다 살아남기 위해 몸집을 부풀리고 철도 건설에 힘쓰고 있다. 이런 추세로 간다면 수십 년 이후에 20만 명 정도의 외톨이 도시는 몰락할 것이라는 분석도 나돈다. 최근 김제시, 논산시, 장성군이 KTX 정차에 사활을 걸고 행동에 나선 것은 위와 같은 이유 때문이다.

　전남의 다른 도시들과 목포의 성장세를 비교해 보자. 여수, 순천은 관광 산업으로 약진하고 있고 나주는 혁신 도시로 인구가 증가세로 돌아섰다. 그런데 목포는 조선업 약화와 관광 산업 부진 및 서남권 통합 지연으로 인구 정체의 난국에 직면해 있다. 하루빨리 목포의 신성장 산업과 특화 산업을 발굴하고 준비해야 우리 후손들이 목포를 떠나지 않으리라 본다. 그래서 목포 발전 대안으로 철도교통 허브도시로 발전시켜 볼 것을 제안한다. 근대에 철도 때문에 발전한 가장 대표적인 도시가 대전이며 호남에서는 익산이다.

　그런데 최근에 대전을 능가할 철도 도시로 충북 청주시 '오송역'이 부상하고 있다. 오송역은 경부선, 호남선 고속철도가 만나고 갈라지는 환승역이며 향후 충북선 고속 철도로 강원권까지 연결될 것이다. 2010년에 개통한 오송역은 17만 명의 이용객을 시작으로 2011년에는 120만 명으로 늘고 작년에는 400만 명을 돌파했다. 고속 철도의 개통으로 주요 도시의 운명이 뒤바뀌고 있는 것을 놓치면 안 된다.

도시 발전에 있어 고속 철도의 역할이 중요하므로 목포도 철도 허브 도시로의 발전 가능성을 모색하자. 이를 뒷받침할 새로운 호재가 작년에 시작되었는데 '임성리-보성 간 철도 공사'가 바로 그것이다. 이는 2007년에 중단된 공사였으나 전남도, 목포시와 지역 국회 의원의 열정적인 노력으로 재개되어 2020년 완공될 예정이다. 임성리-보성 간 철도는 한 개 노선 개통 이상의 의미가 있는데 호남선과 경전선의 2개 노선이 목포에서 만나기 때문이다.

이로 인해 여러 효과가 발생할 것이다. 첫째로 지금은 목포역이 서울 방면 KTX의 출발·종착역으로만 존재하지만 앞으로 부산서 오는 KTX의 출발·종착역이 될 수 있다. 목포-부산 간을 2시간대로 연결한다면 1,000만 명의 부산·경남권 고객을 목포로 유치할 수 있다. 두 번째 효과는 남해안의 양대 국제공항을 연결할 수 있다는 것이다. 남해안 경제권의 큰 축으로 항구는 부산항·광양항이며 공항으로는 김해공항·무안공항이다. 그동안 공항이 떨어져 있었지만 이곳을 철도로 직통 연결한다면 대단한 시너지 효과가 나올 것이다.

지난 8.31일 문화일보에 'KTX 개통 뒤 광주공항 이용객 더 늘었다'라는 제하의 눈여겨볼 만한 기사가 나왔다. KTX 개통으로 광주공항이 위축될 것이라는 예상과 달리 호남 고속철 개통 후 광주공항 이용객이 오히려 증가하였는데 제주행 노선을 확대하면서 전북 · 충북 등 타 시도 주민들이 KTX를 타고 온 결과이다. 결론적으로 고속 철도와 공항이 연결되면 효과가 있다는 것이 증명되었으니 무안공항과 김해공항도 철도로 연결하자. 현재 해외 관광객은 80% 이상이 인천공항과 제주공항을 통해 입국하며 주로 그곳에서 소비하고 돌아간다. 그러나 김해와 무안을 연결하면 연간 1,000만 명의 해외 관광객을 이곳으로 돌릴 수 있는데 늘어나는 외국인을 수용하기에는 천혜의 관광 자원이 많은 남해안이 제격이다.

　세 번째로 제주까지 해저 터널이 연결될 경우 목포는 그야말로 철도 요충지가 될 것이다. 목포는 호남선과 제주선이 남북으로, 경전선이 횡으로 연결되어 'ㅏ'자 형태가 되면서 멀리 강원도, 대구, 울산, 포항, 부산 등 전국에서 오는 KTX가 목포를 경유할 것이다. 이와 관련하여 프랑스의 고속 철도 허브역 '릴'시의 성공 신화를 연구해 볼 만하다. 인구 22만의 릴 도시는 국무총리를 지내고 고향에 돌아온 '머로' 시장이 고속 철도 환승역으로 내정된 '아미앵'을 '릴'시로 바꾸고자 주변 국가를 설득한 결과 파리, 런던, 브뤼셀 간을 운행하는 국제 열차가 릴을 통과하게 되면서 역세권을 개발해 청년이 돌아오는 도시로 만드는 큰 성공을 거뒀다.

마지막으로 목포시에서는 중장기적 철도 발전 계획을 세우고 착실히 준비해 주기를 기대한다. 목포역 건물 하나만 크게 짓는다고 달라지는 것이 아니기 때문에 '역세권 개발 계획'도 규모 있게 만들되 천안아산역, 오송역, 광명역의 역세권 개발 계획을 참고하여 시행착오를 막자. 향후 역사가 신축된 이후에야 역세권 개발 계획을 세울 경우, 지가 상승으로 투자 매력은 사라져 실패할 수 있다.

역세권에서 관광객이 머물고 갈 수 있도록 호텔, 컨벤션 센터, 쇼핑센터, 면세점, 비즈니스 센터 등과 함께 주변 교통을 연결하는 대규모 환승 시설이 필요하다. 다른 사례를 보면 뷰티美 박람회를 여는 오송의 경우 세계적 바이오밸리로 개발하겠다는 계획을 추진하고 있고, 순천은 세계정원박람회, 여수는 세계해양엑스포, 광주는 세계김치축제를 개최하면서 성장하고 있다. 이렇듯 목포도 세계적으로 인기를 끌 만한 축제를 개발하고 관광객을 끌어 모으자. 세계적 발표 식품인 치즈, 와인, 낫토, 요구르트처럼 우리도 새우젓, 홍어, 김치 등의 발효 식품이 좋기 때문에 이를 잘 살리되 전주 국제발효식품엑스포와는 차별화시켜야 한다.

'길을 잃는 것은 길을 찾는 한 방법이다'라는 아프리카 속담처럼 불황으로 성장의 길을 잃어버리고 아우성을 지르는 이때가 목포의 새로운 길을 찾는 기회가 될 수 있다. 하루빨리 시민들에게 희망을 줄 만한 발전 전략을 짜서 시민과 소통하고 지혜를 모았으면 한다.

아무리 힘들어도 희망이 있을 때는 현재의 고통을 이길 힘이 생긴
다고 한다. 시민 모두의 힘을 모아 목포의 백년대계를 멋지게 만들
어 가자.

목포신항만 활성화를 위해 철도 연결 시급해

2012. 4. 23. 광남일보

'지난 2004년 개항 100년의 잠재력을 바탕으로 향후 목표 발전과 번영으로 가는 관문이 될 것입니다'라고 목포신항만(주)이 청사진을 발표했다. 그때 필자의 심장 박동은 요동을 쳤다. 목포시가 동북아 항만 물류 거점 도시로 부상하기 위해 개항한 목포신항만은 아직 서해안 중심 항만으로 자리매김하지 못하고 있다. 현재의 어려움을 비유한다면 길목에 주막을 개업했는데 오가는 사람이 별로 없고 주변 동네도 작아 손님이 적으니 주모는 파리만 날리고 있는 형세라고 볼 수 있다.

즉 물동량이 많으려면 부두를 이용하는 기업과 세계적인 선사들의 왕래가 많아야 하는데 그렇지 못하다는 것이다. 자고로 항구는 세계와 통한다. 해양이 살면 나라가 살고 도시도 해양을 끼고 있어야 대도시가 될 수 있다. 부산, 인천, 울산, 포항은 그것을 말해주고 있다. 또 대도시 성장 배경에는 항만, 철도, 도로, 공항은 필수 인프라다.

이제 우리 목포는 갖출 건 거의 다 갖추고 있어 축복의 도시라 할 수 있다. 신항만이 있고 호남 고속 철도가 있고 서해안 고속도로가 있으며 무안국제공항이 있다. 여기에 오는 6월에 목포대교가 개통되면 신항만 활성화에 호재가 될 전망이다.

그러나 최근 언론에 따르면 '목포신항만 적자 300억 지원, 2004년도 보조금 7억, 2008년도 100억으로 껑충 뛰어'라는 보도와 '물량 유치를 위해 마케팅 인원을 3배 늘렸다'는 등의 애기를 듣고 신항만 활성화를 위해 많은 고충이 있다는 것을 알게 됐다. 신항만은 이제 3선식의 하역시설과 서해안 고속도로와의 연결 등 인프라가 구축될 것으로 보인다. 하지만 철도가 대불역에서 멈추고 신항만까지 연결이 안 돼 있어 이 부분이 정말 아쉬운 대목이다.

부산은 자성대부두, 감만부두에 철도가 항만까지 연결돼 매일 512TEU의 하역 능력을 갖추고 있어 연간 80만TEU의 물량을 취급하고 있다. 또 2021년까지 12조 원을 들여 국내 최대 컨테이너 부두로 건설될 부산신항에도 52개 선로를 부설하고 1000량의 컨테이너 화차 시설을 갖출 예정이다. 또 광양항에는 6개선의 철도가 부설돼 연간 20만TEU 수송 능력을 갖추고 있다. 여러 사례를 볼 때 목포신항만 활성화를 위한 돌파구로 철도를 연결시키는 것이 필요조건으로 보인다.

우리 지역의 기아자동차나 삼성전자 등 대기업들도 탄소 배출 감소를 위해 철도 수송을 검토하고 있고 수입 물동량도 철도 수송을 간절히 원하고 있다. 이제 신항만의 활성화를 위해 철도 연결이 필요하다는 것이 증명된 만큼 지금이라도 빨리 지역의 핵심 정책으로 추진할 필요가 있다. 앞으로 철도가 신항만까지 연결되면 수출입 물량이 증가하고 선사들도 항로를 더 늘릴 것으로 예상된다.

당초 정부는 대불산업철도를 신항만까지 건설하려 했으나 경제성이 낮다는 이유로 제외했고, 현재 대불단지 입주업체 특성상 철도 수송 물량이 거의 없어 효율성이 낮은 것은 사실이다.

그러나 정부가 알아서 해 줄 것이라는 기대만 하지 말고 온 시민들이 관심과 기대를 모아 공감대를 형성하고 이 염원을 모아 정부에 지속적으로 건의할 필요가 있다. 신항만에 철도가 연결되는 순간 목포는 동북아 거점항으로 부상하고 100만 도시건설의 꿈이 가까워질 것이다. 그래서 신항만까지 철도 연결은 반드시 해결할 과제다. 다행히 대불역에서 신항만까지는 약 5km 정도만 연장하면 될 것으로 보인다.

모든 길은 나주로 통한다

2015. 2. 15. 나주투데이

▶ 도로 건설이 로마 부흥을 이끌었다

"모든 길은 로마로 통한다"라는 말은 세계적으로 유명한 명언이다. 이 말은 17세기 프랑스 작가 라 퐁텐의 『우화』에 맨 처음 나온 것으로 알려져 있는데, 로마가 세계를 지배했을 때 얼마나 강한 제국이었나를 나타내는 말이기도 하다. 로마는 잘 닦은 도로를 통해 위급할 때는 군대를 동원하여 외침을 막는 기동성을 살렸고, 평상시에는 각국의 문물을 받아들여 2천여 년 동안 대제국을 건설하고 유지하는 데 활용하였다. 우리나라에는 "사람을 낳으면 서울로 보내고, 말을 낳으면 제주도로 보내라"라는 말이 있듯이 도로는 지방에서 서울로 가는 구조로 깔리고 철도는 경부선, 경의선과 호남선, 경원선이 X축 모양처럼 서울 중심으로 건설되었다.

다음달 4.2일이면 호남 고속 철도가 개통되어 서울~나주 간이 2시간으로 좁혀지는 교통 혁명이 일어난다. 이런 시점에 나주가 철도를 통해 교통 요충지 역할을 했던 빛난 역사를 되살려 오늘을 발전시킬 수 있는 지혜를 얻어야 할 것이다.

▶ 영산포역에서 기차로 전국을 통했다

1913년 7.1일 호남선 철도가 건설되면서 나주에 교통 혁명이 일어났다. 육로로는 너무 멀고, 배로 가기에도 쉽지 않았던 한양행이 기차를 타고 당일 안에 서울뿐만 아니라 대전, 부산 등 전국으로 갈 수 있게 되어 손님들은 너도나도 영산포역으로 몰려왔고 90년 동안 교통의 왕좌로 군림하였다. 승객이 최고로 많았던 1975년의 경우 연간 97만 명이 이용했으니 1일 2,700명이 타고 내렸을 정도였다. 그러나 호남, 서해안, 남해 고속도로가 속속 개통되고 자가용 보급이 늘면서 이용객이 줄었고, 호남선 복선 전철이 개통되면서 현 위치에 역이 신설되어 영산포역은 2001년 7.10일에 문을 닫게 되었다.

▶ 다시, 모든 길은 'KTX 나주역'에서부터

그런 영산포의 좋았던 시절을 되살릴 수 있는 기회가 호남 고속 철도 개통으로 다시금 돌아왔다. 300km 속도 혁명을 이룬 KTX는 타 교통수단으로는 도저히 넘을 수 없는 경쟁력을 가지고 나주를 반나절 생활권으로 만들 것이기 때문이다. 나주 시내는 2시간, 인근 지역도 3시간대에 연결이 가능하게 되어 자가용이나 버스로 이동하던 패턴이 기차로 다시 전이되는 대변화가 초래될 것이다. 이제 나주 부흥의 기회를 앞두고 우리는 나주역을 활성화하는데 시민의 힘을 모아야 한다.

▶ 혁신 도시 입주민이 나주 오기 쉽게

혁신 도시는 나주역에서 가장 가깝기 때문에 KTX로 접근하기에는 광주송정역보다 훨씬 유리하다. 그동안 나주역은 KTX 정차 횟수가 적었지만 작년 8월 18일에 4회가 추가 정차되면서 30%가 늘었고 앞으로 4.2일 호남 고속 철도 개통 시 현재 12회에서 24회로 확대된다. 이럴 경우 혁신 도시 입주민들의 교통 편의가 증진되어 광주송정역보다는 주차 여건과 대중교통 이용이 편한 나주역으로 오게 될 것이다.

▶ 인근 6개 군에서 나주에 쉽게 오도록

나주역에서 인근 6개 군과 국도가 확장되면서 연결이 쉬워졌다. 1번 국도는 함평~무안, 13번 국도는 영암~해남~완도가 연결되고, 23번 국도는 장흥에서 오기 쉽다. 이런 이점을 살려 인근 지역에서 나주역으로 바로 와서 기차를 탈 수 있도록 해야 하고, 나주역으로 온 관광객이 쉽게 인근 지역으로 이동할 수 있어야 한다. 가령 역에서 지역을 바로 연결하는 리무진 운행이나 시외버스의 나주역 정차는 큰 도움이 될 것이다. 특히 요즘 같은 마이카 시대에 역 주변 주차 시설 확충은 무엇보다 중요하다. 이를 위해 나주시에서는 역 주차장, 공용 터미널 부지 등에 250대를 주차할 수 있는 시설과 역 건너 스포츠 타운 등에는 400대를 주차할 수 있도록 하는 방안도 추진하고 있다. 이처럼 주차 여건이 좋아지면 역세권이 활성화될 것이고 인근 지역민들도 나주에 온 김에 쇼핑, 모임, 식사 등을 할 것이다.

▶ 나주로 오도록 손님 모시기 활동 벌여

상권 활성화의 가장 중요한 포인트는 유동 인구 증가이다. 사람이 모이는 곳에 시장이 들어서고 경제가 살아난다. 그런 차원에서 나주역으로 외부에서 사람들이 몰려오게 한다면 대성공이다. 호남 고속 철도 개통으로 서울 가기가 편해진 것도 있지만 수도권 사람들이 나주에 오기 좋아진 것인데 이런 절호의 기회를 절대 놓쳐서는 안 될 것이다.

이를 위해 나주 시민들의 마인드 전환이 꼭 필요하다고 본다. 요즘은 손님을 앉아서 맞이하는 시대가 아니고 모시러 나가는 시대이다. 수준 높은 시민 의식을 살려 외부에서 손님이 오도록 모시러 나가야 한다. 이를 위해 수도권을 비롯한 전국에서 나주에 관광을 오시도록 홍보를 하고, 인근 지역민에게는 편리한 주차장을 이용하도록 알려야 한다.

　필자는 최근 강진군을 방문하여 나주역과 강진군을 연결해 수도권 관광객을 모셔 오자는 제안을 하여 호응을 받은 바 있다. 앞으로 호남 고속 철도 개통 시점에 강진, 영암, 장흥, 해남, 완도를 방문하여 나주를 많이 이용해 달라고 마케팅 활동을 전개할 예정인데 뜻있는 나주 시민들의 적극적인 동참을 기대해 본다.

곰탕 거리를
나주의 최고 명물로

2015. 나주신문

▶ 나주는 왜 유명 관광지가 없을까

나주를 방문한 철도 신문사 기자와 대화하면서 나주 관광지에 대하여 물어보았다. 서울 사람이기 때문에 객관적인 관점에서 말해 줄 것을 기대하면서 솔직히 털어 놓으라고 했다. 기자는 대표 아이콘으로 '나주배'와 '나주 곰탕'을 들었는데 볼만한 관광지는 잘 모르겠다고 고개를 갸우뚱했다. 그러면 전남 관광지 중 어디를 좋아하느냐 했더니 순천 낙안읍성, 여수 밤바다, 보성 녹차밭, 담양 죽녹원, 해남 땅끝, 완도 청산도 등을 꼽았다. 기자 한 사람의 대답이 정답일 수는 없지만 어쩐지 많은 아쉬움이 남았던 만남이었다.

나주는 2천 년 역사와 전통을 자랑하는 조선시대 목 단위 행정지역이자 호남 중심지로 역사를 이끌어 왔다. 영산강을 통해 한양으로 조운과 물산을 운반하던 내륙 항구 도시였고, 1913년에 호남선 철도가 건설되고 서울과 직결되는 기차가 다니면서 영산포역은 인근 8개 시군을 아우르던 교통 중심지로 부상하여 70년 동안 번성하였다. 그러나 80년대 들어 고속도로 발달로 인근 지역이 나주를 거치지 않고 서울과 직결되면서 유동 인구가 줄고, 다른 지역의 관광지 부상으로 나주는 빛을 잃어버리고 말았다.

나는 2개월 전에 전주한옥마을과 막걸리골목을 다녀왔다. 요즘 호남의 가장 뜨는 관광지로서 그 비결이 무엇인지 직접 보기 위해서였다. 역시 한옥마을은 주중인데도 불구하고 젊은이들과 관광객들이 많았고 거리에 활기가 넘쳤다. 관광업계에서 통하는 속설로 "대학생이 가는 관광지는 뜬다"라는 말이 있는데 과연 한옥마을은 틀린 말이 아니었다. 100년 된 전동성당, 멋들어진 한옥카페, 한방체험관, 카메라박물관 등 볼 것이 다양했다. 거기에 5~6년 전부터 '내일로 기차' 여행객들에 의해 유명해진 막걸리골목이 있어 이제는 전국적인 명소가 되었다. 볼거리와 먹거리가 있는 한옥마을은 안동하회마을에 이어 외국인들이 가장 좋아하는 한국 대표 관광지가 된 것이다.

또한 작년에 순천에 근무하면서 전국에서 기차 여행의 성지라 이름난 이곳은 과연 어떤 매력이 있는지 쭉 살펴보았다. 순천의 자랑

거리는 낙안읍성, 갈대밭, 그리고 드라마 체험관과 선암사이다. 그 중에 특히 낙안읍성은 서울뿐 아니라 경상도에서도 많이 오는 관광지인데 직접 걸어 보니 요즘 관광 트렌드에 딱 맞는 곳임을 알 수 있었다. 웰빙과 복고풍에 맞는 볼거리, 먹거리로 인절미, 주막, 초가집 등이 재미있고 집집마다 사람이 살면서 인정을 느끼게 해 주니 참 좋았다.

▶ 곰탕 거리를 문화 관광 명물 거리로 조성하여

나는 한옥마을과 낙안읍성을 보면서 나주와 비교해 보았다. 나주는 천년 목사골의 고장으로 금성관, 목사내아, 향교 등 좋은 관광 자원을 가지고 있는데 전주, 순천에 비해 인기를 끌지 못하고 있다. 그 이유는 바로 콘텐츠 부족이다. 멋진 건물과 볼거리가 있어도 그곳에 즐길 수 있는 콘텐츠가 없으면 재미가 없기 때문이다. 최근 외부에서 축하하러 오신 분들을 모시고 나주 곰탕 거리에 자주 간다. 곰탕을 먹으면서 이곳에 하루 몇 명이 올까 고민하던 중 물어보니 약 2,000명 정도 다녀간다고 한다. 그러면 나주에 오는 2,000명이 전부 이곳을 관광한다면 얼마나 좋을까? 이곳을 구경하면서 인절미도 사먹고 수레도 타보고 문화를 느낀다면 정말 순천, 전주에 못지않은 관광지가 될 것이다.

또 한군데 더 소개할 곳이 순천 문화의 거리이다. 이곳은 구도심이 공동화되자 문화의 거리로 조성됐는데, 예술가들이 화실과 공방을 차리고 그림, 공예품과 천연 염색 제품을 판매한다. 더불어 차도 마시고 식사도 하도록 맛집도 유치하여 즐길 거리가 많다. 이처럼 곰탕 거리도 곰탕뿐만 아니라 금성관, 목사내아, 향교 등을 포함하여 민속 거리로 만들고 이곳에서 농산물도 팔고 예술가들이 와서 공방을 차려서 공예품을 판매하도록 했으면 한다.

나주 곰탕을 드시러 온 2,000명이 문화의 거리를 산책하면서 선물을 사간다면 이곳은 관광객들이 들끓는 명소가 되리라 생각한다. 이를 위해 시에서도 문화의 거리로 지정하고 예술가들에게 저렴하게 빈집을 수리하여 빌려주면 맘껏 예술 활동을 하는 인사동 거리가 될 것이다. 아무쪼록 나주는 전국에 내놔도 빠지지 않는 볼거리가 있으니 다양한 콘텐츠를 채워서 관광 나주를 만들기를 염원한다.

나주 이야기꾼은 무슨 약을 팔까

2015. 7. 1. 전남일보

우리나라에서 '이야기꾼' 하면 70년대 너무나 유명했던 '전설따라 삼천리' 라디오 프로가 있고, 지구 저편에는 아라비안나이트로 유명한 '천일야화'가 있다. 천일야화는 페르시아 사산 왕조의 '샤푸리 야르 왕'이 왕비의 외도로 배신감을 느끼자 여성을 증오하여 그 다음부터 신부를 맞이 하면 다음날 아침에 죽여 버렸다는 데서 생긴 이야기다. 마침내 신붓감이 얼마 남지 않았을 때, 한 신하에게 '세헤라자데'라는 어질고 착한 딸이 있었는데 그녀가 자진해서 왕을 섬기게 되어 매일 밤 재미있는 이야기를 들려준다. 왕은 이야기를 계속 듣고 싶은 나머지 그녀를 죽이지 않는데 '바다의 신드바드 이야기' 등 수많은 이야기가 1001일 밤 동안 계속된다. 결국 왕은 잘 못된 생각을 버리고 그녀와 함께 행복한 여생을 보낸다.

어릴 적 TV가 없던 시절 이야기꾼은 마을에서 큰 인기였다. 특히 겨울철 농한기에 할 일 없는 시골에서 깜깜한 밤에 듣는 이야기는 흥미진진해서 손에 땀을 쥐게 했다. 그러나 이제는 TV와 스마트폰으로 모든 뉴스와 이야기가 판치는 시대가 되어 이야기꾼은 설 자리를 잃어버렸다. 하지만 매스미디어로 들은 이야기와 사람끼리 눈을 마주 보면서 끄덕끄덕 듣는 이야기는 차원이 다르다. 마치 인터넷으로 검색한 여행 정보와 현지에 가서 실제 본 느낌이 다른 것처럼….

그래서 요즘이야말로 온라인 이야기에 지친 현대인에게 이야기꾼의 역할이 더 중요하다고 본다. 필자가 2005년에 태국 저가 여행을 한 적이 있었는데 출발 전에 저가 여행의 피해를 많이 들은지라 가이드의 상술에 놀아나지 않기 위해 잔뜩 긴장했었다. 그런데 의외로 가이드가 관광 위주로 너무나 재미있게 해설을 하자 우리 쪽에서 가이드 주머니를 걱정해서 마지막 날은 현지 기념품 가게로 가 쇼핑하는 친절도 베풀었다. 이렇듯 가이드 없는 여행은 속칭 '앙꼬 없는 찐빵'이라고 말할 수 있다. 요즘 지자체마다 관광 해설사를 양성하면서 인기 해설사도 등장하는 추세이다.

작년 12월에 나주 역장으로 부임하여 관광객에게 나주를 잘 알리는 기차 여행 코스를 만들기 위해 나름대로 현지 답사와 관련 도서를 찾아보던 중에 3월쯤 '동신 대학교 문화 박물관'에서 주관하는 '나주 이야기꾼 강좌' 모집을 보고 가뭄에 단비 보듯 반가워서 신청하였다. 60여 명이 넘는 시민 수강생들과 함께 11강을 들었는데 전문가 특강반, 현지 체험 답사반으로 진행되었다. 이론으로는 나주와 관련된 도시 역사, 건축 유산, 공예 문화, 서원 이야기, 불교문화, 독립 운동가와 사적 등을 열심히 들었고 현지답사로는 박물관 견학, 고고학 체험, 고택 체험, 사찰 답사, 남평 답사, 다례 체험을 하여 이야기꾼 기초를 튼튼하게 다졌다.

나주는 천년 목사고을로서 무궁무진한 이야기가 곳곳에 녹아 있다.

특히 고려 2대왕 혜종을 낳은 장화왕후가 왕건을 완사천에서 만나 물을 권할 때 버들잎을 띄워 사랑을 키웠던 세기의 러브 스토리가 있고, 정도전이 나주 귀양에서 조선 건국의 큰 꿈을 그렸던 이야기가 있다. 나주의 젖줄 영산강을 통해 흥미진진한 홍어 거리가 생겨났고, 조선말 순조비 순원왕후의 친오라비인 김좌근이 실권을 잡을 때 그의 애첩이 되어 권력을 휘둘렀던 기생 '나합'의 이야기도 흥미롭다.

남평문씨 탄생 설화인 '문바위'와 '엄마야 누나야' 가곡을 만든 안성현 작곡가의 드들강 이야기, 등록문화재가 된 경전선 남평역 등 셀 수 없이 많은 이야기가 있다. 이런 이야기들을 구슬을 꿰어 목걸이를 만들듯이 나주를 찾는 관광객에게 들려줘야 한다. 시골 장터 약장수가 별것 아닌 약도 만병통치약으로 둔갑시켜 입에 거품을 물고 팔듯이 이야기꾼들도 신들린 듯 나주 이야기를 팔았으면 한다. 이로써 천 년의 깊은 맛과 이야기가 많은 나주로 기차 관광객이 많아졌으면 한다.

철도 관광
어디까지 즐겨 보셨나요

2018. 3. 대동문화

▶ 역과 기차는 행복을 만들어 낸다

기적소리 울리며 기차가 서는 곳이 역驛이다. 글자를 분해하면 馬말마, 罓그물망, 幸행복행으로 나눌 수 있는데 '그물망처럼 엮여진 길에 말을 타고 와서 서로 만나서 행복해진다'라는 뜻으로 해석할 수 있다. 그 의미를 찾는 순간, 역이란 단순히 사람을 실어 나르는 역할 이상의 뜻, 즉 '행복'의 의미가 담겼다는 놀라운 사실을 발견한다. 관광觀光은 다른 지방이나 다른 나라의 풍속, 풍광을 유람하는 일이라고 풀이하는데, 인류가 행복을 추구하는 중에 누릴 수 있는 큰 기쁨이다. 그래서 철도 관광은 기차를 타러 나온 순간부터 이동, 종료하는 시점까지 전 과정을 즐기는 것으로, 역에서 호두과자, 빵, 사이다를 사 먹고 신나게 달리는 기차를 타는 재미, 차창 밖 전경을 감상하는 재미 등 모두가 행복의 순간이다.

▶ 기차 타고 금강산 가다

철도 관광은 기차가 생기는 순간부터 탄생하였다. 1899년 경인선 철도가 생기자 육당 최남선은 "우렁차게 토하는 기적 소리에/ 남대문을 등지고 떠나 나가서/ 빨리 부는 바람의 형세 같으니/ 날개 가진 새라도 못 따르겠네"라며 처음 기차를 본 소감을 표현하였다. 이후 경부·호남·경의선 등이 개통되면서 전국을 유람할 수 있는 시대가 되었다. 호남도 서울과 가까워진 것은 1914년에 호남선이 개통된 뒤부터이다. 이전에는 영산강 물길과 서해를 통해 개성, 한양으로 접근하는 것이 더 수월했지만, 철길이 노령산맥을 통과하여 전남으로 들어오면서 교통 역사가 바뀌었다. 재미있게도 1933년에 보성군 복내면 선동 마을에 살았던 선비 임기현은 나이 60세에 기차를 타고 금강산 유람을 떠났는데 단 3일 만에 갔다. 조선 시대에 걸어서 15일 걸리던 거리를 '경전-호남-경원-금강산철도'를 타고 간 덕분에 환갑의 나이에 금강산 유람을 다녀올 수 있었던 것이다. 또 1935년에 특별한 기사가 눈에 띈다. 동아일보 장성지국에서 장성역 후원으로 1주일간 금강산 탐방단을 모집했는데 장성뿐만 아니라 영광, 담양 각 군의 유지들도 참가하기 바란다며 내·외금강, 삼방 석왕사 등을 돌아보고 참가회비는 26원이었다는 것이다.

▶ 신혼 열차부터 놀라운 철도 관광 역사 시작하여

　국내 철도 관광이 활성화된 것은 GNP 1만 달러가 넘어선 이후이다. 최초로 대박을 낸 것은 1985년도 나온 신혼 열차이다. 경주 · 부곡 · 제주로 향하는 신혼 열차는 대단한 인기를 얻었는데 당시 동아일보 1986.3.24일자는 '신혼 열차 크게 인기, 봄철 들자 승객 몰려 좌석 구하기도 어려워져'라는 제목하에 일요일인 23일 오후 5:40분 서울발 경주행 신혼 열차는 정원 468석을 234쌍의 신혼부부로 모두 채워 만원으로 떠났다고 보도했다. 3호차에 탄 신혼 부부 백문현(27), 박남례(26)씨는 정말 아늑하고 편한 신혼 열차를 타기 잘한 것 같다며 기쁘다고 말했다. 신혼 열차 신드롬이 생기니 풍자 개그도 생겼다. 다정한 서울 부부가 차창 밖 보름달을 보면서 '자기야, 달이 정말 이쁘지?' 하니 신랑이 '달도 이쁘지만 자기가 더 이쁘다'라고 맞장구를 쳤다. 이를 본 경상도 아가씨가 달콤한 답변을 기대하고 신랑에게 '자기야, 달이 정말 이쁘제?'라고 했더니 무뚝뚝한 경상도 신랑 왈 '문둥이 가시내야, 달이 니한테 뭐라카더나?'라고 해서 주변 사람들이 다 웃었다는 것이다. 신혼 열차가 히트하면서 효도 열차 등 여러 상품들이 잇따라 출시되었다.

　두 번째로 1997년도 탄생한 정동진 해돋이 열차는 공전의 히트 상품이다. 국내 관광 역사상 최단 시간에 유명해졌고 '정동진 신드

롬'이라는 말이 생길 정도였다. 정동진은 1995년 드라마 모래시계가 광풍의 인기를 끌면서 주인공 고현정이 바닷가 간이역에서 열차를 기다리던 중 경찰에 연행되는 장면을 촬영한 곳으로 유명해지자 철도청에서 임시 열차를 운행하였다. 마침 첫 운행 때 필자도 현장에 있었는데 너무도 멋진 동해 일출이 연출되자 수천 명이 탄성을 자아냈다. 이로써 시작된 해맞이 열풍이 동해안 전 지역으로 확산되면서 신년 해맞이 행사는 동해안 단골 메뉴가 되었다.

▲ 정동진 환상의 해돋이 모습

▶ 철도 관광으로 강원도 비경이 드러나

험산준령의 강원을 배경으로 1998년 겨울에 첫 운행한 상품이 '환상선 눈꽃열차'이다. 이는 태백선, 영동선역 중에서 도로로 접근

할 수 없는 산골 간이역에 내려 환상적인 눈꽃을 보자는 취지로 국내에서 제일 높은 855m의 '추전역', '땅도 세 평, 하늘도 세 평의 승부역'에 정차하는 코스로 구성하였다. 첫 발매 때 몇 분 만에 좌석이 매진되는 등 인기를 끌어 점차 대관령 눈꽃 관광 등 겨울 상품들이 관광 테마가 되는 계기를 만들었다.

▲ 환상선 눈꽃열차 포스터

▲ 바다로 창이 난 낭만의 바다열차

　연이어 유명해진 것은 '정선 5일장 열차'로, 2일, 7일에 열리는 시골 장터 구경 및 정선의 황기와 취나물을 싸게 살 수 있다는 점과 수려한 자연 관광도 곁들여져 인기를 끌어 1999년에 63,380명, 2003년에는 87,000여 명이 이용하여 지역 경제 효과가 48억에 달하였다. 이는 폐광 지역으로 어려웠던 정선군을 살려내는 돌풍을 일으켰고 전국으로 유행이 퍼지면서 전통 시장이 관광 아이템이 되는 기폭제가 되었다. 또한 강릉역을 출발하여 황금의 코스인 해돋이 명소 정동진역, 국내 최대 해수욕장 망상역, 애국가에 나오는 촛대 바위 추암역을 거쳐 삼척역까지 해안선을 여행하는 '바다열차'가 2007

년에 운행하였는데, 김대중 대통령 내외가 탑승하기도 하였다. 의자가 바다로 향해 있어 기차에서 파도가 치는 모습을 생생히 볼 수 있어 현재까지도 계속 인기리에 운행하고 있다.

▶ 전국이 철도 관광으로 물들어

충청도를 여행하는 이색 기차로 영동 와인을 전국 최고로 알려지게 한 '와인 시네마 열차'가 있다. 2006년에 첫 운행을 시작하였는데 열차에서 와인 시음과 더불어 7080 라이브 공연과 레크리에이션이 진행된다. 영동역 도착 후 와인 코리아 체험장에 가서 와인 시음, 와인 족욕 및 와인 테라피를 받을 수 있어 인기 만점이며 작

▲ 금수강산 유람하는 해랑열차

은 시골 군을 서울에 널리 알리는 계기가 되었다.

2008년에 운행한 레일 크루즈 해랑은 '열차에도 품격이 있다'는 고급 이미지로 기차에 호텔 영업을 접목하여 식사하고 잘 수 있도록 만들었다. 해랑은 '해^{태양}'와 더불어 금수강산을 돌아본다'는 의미의 순 우리말이다. 2박 3일 코스를 보면 서울~순천~부산~청도~정동진~서울로 야간 운행 중에는 자고 낮에는 전국 명소를 관광하는데 일본 관광객들이 선호하는 상품이다.

▶ 지역 경제를 살려 내는 기적의 철도 관광

이처럼 철도 관광은 정동진 열차 이후에 다양한 상품 개발로 국민에게 행복한 여행 서비스를 제공하고 지역 경제를 살리는 효자 역할을 하였다. 정동진의 경우 4~5만 원의 땅값을 400만 원대로 치솟게 만들었으며, 이름 없던 추전·승부 지역을 전국에 알리고, 정선군·영동군처럼 시골 지자체를 살려 내는 마중물 역할을 하여 지역마다 관광 열차를 요청하는 바람이 불었다. 최근에는 농촌을 살리는 프로그램으로 농가에서 자고 농가 밥상을 먹는 '레일그린열차', 시골 5일장을 찾아다니는 '팔도장터열차'와 자전거 동호인들이 좋아하는 'MTB열차'까지 생겨났다.

▶ 5대 관광벨트로 철도 관광 업그레이드 돼

코레일은 관광 열차를 더욱 활성화시키기 위해 2013년에 철도 관광 마스터플랜으로 '철도 5대 관광벨트'를 수립하였다. 5대 관광벨트는 설명하면 1) O-train과 V-train을 통해 백두 대간의 풍광을 마음껏 즐길 수 있는 중부내륙벨트 2) 풍성한 남도 문화와 해양 레저를 콘셉트로 한 남도해양벨트의 S-train 3) 세계 유일의 분단의 상징에서 세계적 생태 보고로 새롭게 부각되고 있는 비무장지대^{DMZ}의 평화생명벨트 4) 서해안 해넘이가 아름다운 서해골드벨트의 서해금빛열차 G-train 5) 울산, 포항의 해안과 신라 천년 고도 경주의 역사 유적이 조화를 이룬 동남블루벨트의 B-train이다. 특히 중부내륙벨트의 V-train은 대박을 쳐서 한국 관광 100선에 선정되어 주말 매진 행진을 벌였으며, 출발지 분천역은 산타 마을이 조성되어 겨울뿐만 아니라 여름 산타 축제도 개최하고 있다.

▶ 철도 관광으로 행복해지는 대한민국을 만든다

앞으로도 코레일은 국민 행복을 위해 더 좋은 철도 관광을 펼칠 것이다. 고속 철도는 경부, 호남, 전라, 경전, 동해선뿐만 아니라 경강선^{서울~강릉}까지 빠르게 전국 주요 도시를 반나절에 연결한다. 더불어 지선은 지역에 맞는 테마 관광 열차를 운행하여 관광객을 끌어 모아 지역 경제도 활성화시키고 기차 관광의 즐거움을 창출하는 두 마리 토끼를 잡아 국민의 사랑을 듬뿍 받는 코레일로 나아갈 것이다.

2018. 7. 5. 광남일보

　몇 년 전 철도 개통 100주년 행사로 '기차가 좋은 이유 100가지'를 공모했더니 무려 1,738건이 접수되었다. 기차의 특징을 잘 설명한 것으로 기차는 넓어서 좋다/ 멀미가 없어서 좋다/ 유리창이 커서 바깥 구경하기가 좋다/ 낭만적이다/ 조용해서 책 보기 좋다/ 화장실이 있어 급할 때 좋다/ 기차는 펑크가 나지 않는다/ 친구와 함께 맥주 한 잔 하면서 이야기하기 좋다 등이었다.

　그중에 특히 웃긴 작품을 보면, 방귀가 나올 때 승강대로 나가서 살짝 뀌기 좋다/ 애인과 같이 갈 때 키스할 곳이 많다/ 기차 타고 연인과 함께 무박 2일 여행 간다고 하면 부모님이 쉽게 허락해 준다/ 신혼 비행기와 신혼 버스는 없어도 신혼 열차는 있다/ 기차를 통째로 납치한 경우는 아직까지 없다/ 사랑스런 아내는 몇 시 기차를 탔다고 알려 주면 정확하게 도착 시간에 기다린다/ 애들이 귀찮게 할 때 판매원이 오면 문제가 해결된다 등이 나와서 심사위원들이 포복절도했다 한다.

기차의 재미와 낭만은 알수록 많아지고 즐길수록 늘어난다. 이렇듯 기차 여행의 역사도 오래되었다. 유럽 젊은이들은 기차 여행을 선호해서 배낭여행이나 2개국 이상을 여행할 때는 유레일 패스를 구입하여 국경을 자유롭게 넘나든다. 일본은 주말에 가족과 함께 지역 테마 열차를 타고 여행하는 것을 멋스럽게 생각한다. 오죽하면 지역마다 앙증맞은 기차 도시락을 일명 에끼벤또 먹기 위해 기차 여행을 할 정도이다. 그래서 오타쿠 일명 딕후 중에 캐릭터, 밀리터리에 이어 철도 오타쿠가 3번째로 많다. 이런 풍부한 기차 문화가 있었기에 '철도원'이라는 명작이 생겨나지 않았을까.

우리나라도 기차가 운행되면서 여행 문화가 달라졌다. 기록에 의하면 1933년에 전남 보성군 선동 마을에 살았던 선비 임기현은 나이 60세에 기차로 금강산 유람을 떠났는데 당시 걸어서 15일 걸리던 거리를 단 3일 만에 갔었다. 기차 관광이 활성화된 계기는 1985년도에 경주·해운대로 가는 신혼 열차인데 대단한 인기를 끌었다. 다음 1997년도 탄생한 정동진 해돋이 열차는 공전의 히트 상품으로 관광 역사상 최단 시간에 유명해져 신드롬을 만들어 냈다. 1998년에는 '환상선 눈꽃열차'와 '정선 5일장 열차'가 나와 강원도

여행을 견인했고, 강릉~삼척 간 해안선에 '바다열차'가 운행되어 김대중 대통령 내외가 탑승하기도 했다. 지금도 '와인열차', '해랑', 백두대간 V-train, 남도해양 S-train, 비무장 DMZ열차, 서해금 빛 G-train는 인기몰이를 하고 있다.

　최근 남도는 전주, 나주의 지명을 따서 전라도라고 명명하고 1000년을 맞이하여 '전라도 방문의 해'로 정하고 관광객을 모시고 있다. 우리 본부도 '전라도 하나로 패스'기차 상품을 만들어 여행 붐을 조성한다. 18세 이상 누구든지 새마을, 무궁화 등 일반 열차 를 3일 동안 무제한으로 탈 수 있는 패스와 함께 역 주변 관광 명 소도 보고 역장이 추천한 맛집과 게스트 하우스를 이용할 수 있다.

주요 코스는 호남선, 장항선, 전라선을 타고 광주, 담양, 목포, 군산, 전주, 순천, 여수를 보도록 3개 코스로 다양하게 구성했다. 하나로 패스로 친구, 부부끼리 승용차 대신 배낭 하나 달랑 메고 무작정 기차 여행을 떠나는 새로운 풍속도가 생길 것이다.

이제는 환경을 아끼고 건강을 생각하는 웰빙 시대이다. 여행도 기차, 버스, 택시 등 대중교통을 타고 다니면서, 때론 조금 걷는 불편을 감수하더라도 산티아고 순례처럼 몸으로 느끼는 체험도 필요하다. 해외로 가서 외화 쓰는 것보다 내 고장을 맘껏 다니면서 소비해 주어 지역 관광 산업이 더욱 살찌기를 기대한다.

2013. 2. 20. 목포투데이

1. 스페인의 삶과 문화 그리고 관광을 찾아서
바르셀로나에서 팔마까지

　나라마다 느끼는 첫인상이 다른데 스페인 하면 떠오르는 것은 축구 천재 메시, 신대륙 발견 콜럼버스, 정열의 투우사, 무적함대 등이다. 특히 2002년 월드컵 8강전 광주 경기장에서 우리는 스페인을 만나 피 말리는 혈투를 벌이고 승부차기에서 홍명보의 멋진 슛으로 이긴 적이 있다.

　관광 천국으로 알려져 있지만 그래도 막상 가기엔 먼 유럽의 남쪽, 꼭 한번 가보고 싶었던 스페인을 연수 일정으로 2003년 1월 23일부터 7일간 다녀왔다. 남도의 목포, 여수, 마산, 진주까지

KTX가 개통되어 수도권에서 3시간대로 가까워지면서 해양 관광이 부상하고 있어 스페인의 관광 노하우를 철도와 지역에 접목하기 위함이었다. 주요 코스는 해양 관광 명소들로 1일 차에는 최대 항구 도시 바르셀로나, 2~3일 차에는 팔마 섬, 4일 차에 발렌시아항, 5일 차에 모로코 카사블랑카항, 6일 차에 알제시라스항, 7일 차에 말라가항구이다.

〈올라 부에노스 디아스 : 안녕하세요!〉

▲ 인천공항 철도

첫날 목포에서 KTX로 상경하여 서울역에서 빠른 공항 철도를 타고 45분 만에 인천공항에 도착하니 참 편리했다. 이륙 후 12시간 비행 끝에 암스테르담에 도착한 뒤 환승하여 2시간 날아간 곳이 스페인 제2의 도시 바르셀로나, 이곳은 잘 알려진 대로 88서울

올림픽 다음으로 올림픽이 열렸고 스페인 축구 명가 FC바르셀로나팀이 있는 유명한 도시이다. 바르셀로나에 도착하여 가이드를 만나면서 제일 먼저 배운 언어가 '올라^{Hola}, 부에노스 디아스^{Buenas dias}'였는데 부드러워서 금방 외울 수 있었다. 나도 외국사람이 한국말로 '안녕하세요'라고 인사하면 너무 반갑기 때문에 금방 외워서 스페인 시민에게 쓰기 시작했다. 버스 탈 때 기사에게 '올라' 하고 식당, 쇼핑을 가서도 인사하니 스페인 사람들도 웃으면서 더 친절히 답변했다. 일행들이 나를 보고 '스페인 살아도 되겠습니다'라고 놀릴 때 금방 스페인어로 '그라씨아스^{Gracias}, 감사합니다'로 응수하였다.

〈피카소와 가우디로 먹고 사는 바르셀로나〉

바르셀로나는 스페인 동쪽 카탈루냐의 중심이며 부산과 같은 제2의 도시로 인구는 200만 명이다. 카탈루냐는 지방 자치를 하고 있으며 한때 독립 왕국이었던 적도 있어 수도 마드리드와 정서적으로 많이 대립하고 있는 곳이다. 그래서 이곳 FC바르셀로나팀과 수도 레알마드리드팀이 경기할 때는 한일전처럼 혈전을 치른다고 한다. 이곳은 피카소와 천재 건축가 가우디를 배출하여 그들이 남긴 예술과 문화의 향기로 먹고 산다. 가우디가 설계한 성가족성당은 1882년부터 건축하고 있으며, 그가 만든 구엘 공원도 많은 관광객으로 넘친다. 훌륭한 건축가 한 사람이 도시를 먹여 살리는 것을 볼 때 호남도 예향으로 세계적인 작가를 배출하면 후손들이 많은 혜택을 받을 수 있다고 생각했다. 특히 이곳은 92년 올림픽 때 마라톤 황영조 선수가 살인적인 급경사 몬주익 언덕에서 숙적 일본 선수 모리시타를 제치려 이를 악물고 달린 후 트랙에 쓰러졌던 감동의 드라마를 연출한 곳이다. 당시 손기정 옹은 "1936년 베를린 올림픽에서 우승하고도 나라 없는 설움에 피눈물을 흘렸는데 황영조가 결승 테이프를 끊는 순간 눈물을 쏟았으며 당장 달려가 태극기를 들고 운동장을 돌고 싶었다"라고 했다.

▼ 성가족성당

〈세계 최고 레스토랑 엘 불리가 있는 곳〉

▲ 스페인 레스토랑

　바르셀로나는 해양 관광이 발달한 도시로 요트마리나의 24%가
분포하고 있으며 계류장도 7,200대 규모이다. 관광의 주 요소 중
식도락으로 현지 요리를 맛보는 것처럼 즐거운 일도 없을 것이다.
점심 때 마리나 근처 씨푸드점에서 해산물 요리를 살펴보았다. 스
페인은 남한의 5배 면적으로 농업이 발달하고 음식이 풍부하여 북
유럽 사람들도 일부러 지중해의 강렬한 태양과 맛있는 음식을 맛
보러 온다. 이런 식도락 문화는 세계 최고의 레스토랑 엘 불리^{El}
Bulli가 스페인에 있는 것으로 증명된다. 예약 경쟁률이 1,000대 1
로 세계에서 예약이 가장 어려운 식당이며 뉴욕 타임스가 취재차
자리를 달라고 하자 페란 아드리아 쉐프는 2년을 기다리라고 해서
더 유명해졌다고 한다. '요리에서 중요한 것은 모방이 아닌 창조이
다'라는 멋진 말을 만들고 영화로까지 만들어진 이곳은 6개월만 영

업을 하며 6개월은 문을 닫고 세계 각국의 음식을 살피면서 새로운 음식을 창조한다고 하니 과연 놀랍다. 우리도 해외 관광객 식단을 짤 때 무조건 외국을 모방할 것이 아니라 고유한 한국 식단으로 차별화하며 특히 발효식품인 김치나 불고기, 비빔밥 등을 잘 발전시켜야 하겠다.

〈지중해 최고 휴양지 '팔마'〉

바르셀로나 해양 관광지를 본 다음, 비행기로 마요르카 섬으로 날아갔다. 스페인에서 가장 큰 섬인 마요르카Mallorca의 면적은 제주도의 2배 정도이며 인구는 80만 명 중 절반 이상이 팔마시에 거주한다. 이곳은 지중해의 온화한 날씨와 해안 절경 등 경치가 아름다워 애국가를 작곡한 안익태 선생이 말년을 보낸 곳으로 안익태 거리가 조성되어 있다. 또한 유럽 각지에서 직항 노선을 운행하여 매일 5백 편의 비행기와 여객선 크루즈가 연간 4천 편 운항하는 등 2천만 명이나 찾는다. 이곳은 60년 역사의 마리나 시설이 끝없이 펼쳐져 있어 영국, 프랑스, 독일, 네덜란드 등에서도 마리나를 많이 이용한다. 국내에서도 거제시에서 2012. 7월 팔마시와 우호 협력 합의서를 체결하고 마리나항과 해양 관광에 대하여 협력하기로 하였다.

〈요트와 마리나 천국〉

▲ STP사의 요트 정비 모습

특히 이곳 마리나 업체 IPM社를 방문하여 마리나 개발과 운영 및 요트 수리 등에 대하여 자세히 살펴보았다. IPM사는 마리나 5 개소와 요트 수리 회사를 운영하면서 미국의 벨링헴마린, 스웨덴의 SF마리나, 호주의 슈페리어 제띠와 함께 전 세계 요트 마리나 시장을 주도한다. 이곳 상공회의소장은 "요트 산업은 모든 고급 레저 산업의 최상위에 있을 정도로 흥미로운 분야이며, 스페인을 비롯한 유럽에서도 요트가 대중화 단계에 있다"라고 말했다. 세계 마리나 현황을 보면 미국이 17,000, 일본이 570, 한국이 15개소이며 보유 척 수도 비교할 수 없을 정도이다. 우리와 고소득층 인구가 비슷한 덴마크와 비교해도 1/8 수준이기 때문에 전문가들은 3면의 바다를 갖춘 우리나라는 성장 가능성이 크며 향후 지금보다 몇 배 더 성장한다고 전망한다.

〈산업 연관 효과가 좋은 요트 산업은 지역의 성장 산업〉

특히 요트는 제작, 수리, 보험, 레저가 연관되어 자동차처럼 산업 연관 효과가 좋다고 하며 향후 조선 산업 시장을 추월한다고 본다. 우리가 중국 조선업의 발달로 어려움에 처해 있는 현실에서 새로운 성장 산업을 요트 제조에서 찾아야 한다는 목소리가 높아지고 있다. 이런 처지에 다행히 영암 대불 공단에는 요트 제조업체가 살아나고 있다는 희소식이 들린다. 요트 제조가 성장하려면 요트 시장이 확대되어야 하고 이를 위해 마리나가 많이 조성되어야 한다. 국내 마리나는 현재 17개소이며 2020년에 44개소로 확대될 예정으로 정부에서 육성 정책을 펼치고 있다. 프랑스 사례를 살펴보면 초창기 어선 폐업에 따른 소규모항의 애로를 타개하기 위해 마리나가 시작되었다. 폐선 어항에 요트가 들어오면서 세일링과 수리를 하는 사람들이 늘고 마을이 커지고 학교가 생겼으며 그다음으로 호텔과 리조트가 생겼다고 한다. 이것을 볼 때 우리나라 어항들이 고유가 문제와 어족자원 보호를 위한 어선 감축을 추진하고 있는데 이에 대한 대체 산업으로 마리나 조성이 필요할 수도 있겠다.

〈요트 활성화를 위해 해외 고급 요트 유치해야〉

특히 마리나를 활성화하기 위해서는 과감히 해외 부호들의 요트를 유치해야 한다. 한국에 정기적으로 방문 가능한 근거리에 위치한 슈퍼/럭셔리 요트 보트는 약 1,000여 대에 달하는 것으로 추정되고 있으며 슈퍼 요트의 경우 1회 방문 시 약 2억 원을 소비한다고 한다. 그래서 앞으로 국내 마리나는 해외 요트족 유치로 붐업Boop-up을 하면서 관광 수입 증대와 함께 골프처럼 국내 대중화를 유도하는 것이 좋을 것으로 본다.

〈팔마의 낭만, 쇼팽의 휴양지 발데모사를 찾아서〉

이튿날 팔마의 명승지 발데모사를 찾았다. '모세의 계곡'이라는 뜻을 가진 이곳은 오래된 수도원이 있고 돌벽 건물과 주변 경치가 좋아서 폐병이 악화된 쇼팽이 휴양을 왔다 간 곳으로 유명하다. 쇼팽은 그를 사랑한 여류 작가 죠르주 상드와 함께 이곳에 왔는데 그녀는 쇼팽을 사랑하고 증오했던 여인으로 알려져 있다. 상드가 병약한 쇼팽을 사랑할 때 의아해한 친구가 물어보니 "우리 모두는 언젠가 죽어, 하지만 쇼팽은 영원해"라고 하였단다. 그녀는 쇼팽을 어머니처럼 돌봐 주면서 음악 활동을 도와주고 예술적 영감을 주었는데 "꽃을 꺾기 위해 가시에 찔리듯 사랑을 얻기 위해 영혼의 상처를 견딘다. 상처받기 위해 사랑하는 것이 아니라, 사랑하기 위해 상처받는 것이다."라고 고백했다. 상드는 반항아적 여류 소설가로 파리에서 인정받기 위해 남장을 하였으며 파격적이고 혁신적인 글을 쓴 당대 최고의 여류 작가 및 여성 해방 운동가였다. 쇼팽은 6살 연상의 상드와 9년간 동거하면서 창작 활동을 활발히 하였으나, 활동적이며 신경질적인 상드에 의해 지병이 더욱 악화되어 결국은 버림받게 되고 그의 음악 활동은 꺾이게 된다. 결국 쇼팽을 버린 상드는 해명을 위해 쇼팽을 비판하는 책을 쓰기도 했다. 쇼팽의 즉흥환상곡은 평상시 잔소리가 심했던 상드와 싸운 끝에 무릎 꿇고 사과하는 모습을 보고 썼다고 전해지고 있으며, 빗방울 전주곡은 비 오는 밤에 아픈 쇼팽을 위해 약을 사러 여자의 몸으로 자전거를 타고 수십 리 계곡 길을 헤쳐 나간 상드를 이곳 발데모사 수도원에서 기다리며 그녀를 걱정하면서 썼다고 한다. 쇼팽과 상드의 러브스토리는 1991년 '쇼팽의 연인'이란 영화로 만들어졌다.

2. 스페인의 삶과 문화 그리고 관광을 찾아서
발렌시아에서 모로코 카사블랑카까지

〈발렌시아 축제에 빠지다〉

다음날은 발렌시아로 날아갔다. 발렌시아는 스페인 제3의 도시로 인구는 약 77만 명이고 오렌지와 파에야^{쌀과 야채를 섞어 만든 요리}의 산지이며 스페인 3대 축제 '불꽃 축제'로 유명하다. 축제 때는 마을 사람들이 파야^{종이인형}를 거리에 장식하고 마지막 날 밤에 태우는데 목수들이 그들의 수호신인 성 호세^{요셉} 축제일 3월 19일 전야에 낡거나 쓸모없는 나무들을 태웠던 것에서 시작되었다고 한다. 해가 거듭하면서 정치인, 유명인들을 풍자하기 위한 형상을 만들면서 더욱 재미있게 되었다. 두 번째는 4월 하순에 열리는 세비야의 봄 축제로 150년 전부터 이어진 서민들의 축제이다. 정장을 갖춘 남성이 화려한 민속의상을 입은 여인들을 말과 마차에 태워 퍼레이드를 한다. 대회장으로 지정된 공터에는 수백 개의 텐트가 들어서고 사람들은 밤을 새워 먹고 마시며 가무를 즐긴다. 세 번째로 팜플로나의 소몰이 축제가 있다. 7월에 열리며 산 페르만 축제는 400년의 역사를 가지고 있는데다 헤밍웨이의 소설에도 나와 그 이름이 전 세계에 알려졌다. 이처럼 스페인은 정열의 나라로, 하루 5끼를 먹기 때문에 '일하면서 밥 먹는 것이 아니라 밥 먹는 중간에 일한다'는 조롱 섞인 유머도 있고 '한 사형수가 죽기 전에 소원을 말하라고 하기에 축제 없는 날에 죽고 싶다고 했는데 결국 못

죽었다'라는 전설이 있을 정도로 축제^{피에스타, Fiesta}가 많다. 또 특이한 축제로 8월 발렌시아 토마토 축제와 바르셀로나 인간탑쌓기 축제도 볼 만하다. 스페인을 방문할 때 축제도 함께 보면 영원히 잊지 못할 추억을 만들 것이다.

〈발렌시아 관광 상품은 다양해〉

▲ 발렌시아 시티버스

 발렌시아는 예술과학도시를 표방하면서 시내에 대규모 복합 오락 시설을 조성했다. IMAX 영화관이 들어선 레미스페릭관, 과학 박물관, 오페라와 콘서트를 즐길 수 있는 예술관, 유럽 최대급의 수족관이 있는 오세아노그라픽 해양 박물관이 있어 많은 관광객을 불러 모으고 있다. 이곳 대형 수족관의 멋진 물고기와 물개들의 유영을 보면서 감탄했으며 우리 지역 여수엑스포 아쿠아리움을 잘 활용해야겠다고 생각했다. 특히 작년에 아시아 최대 아쿠아리움이 제주에 생겨 세계 5대 아쿠아리움인 일본 '오키나와 추라우미 수족관'을 앞섰다고 하니 어깨가 으쓱해진다. 또한 발렌시아에서는 관광카드를 만들어 1/2/3일권을 구입하면 시내를 거미줄처럼 연결하는 2층 버스2층은 개방형와 지하철, 전차Tram를 마음대로 이용할 수 있을 뿐만 아니라 박물관, 문화유산, 식당 등에서 할인도 받는다.

〈북아프리카의 보석, 모로코의 카사블랑카〉

다음은 비행기로 2시간 30분 걸려 아프리카 카사블랑카로 날아갔다. 카사블랑카는 '카사집'와 '블랑카하얀'의 합성어로 '하얀 집'이란 뜻이며 실제로도 태양열을 반사하기 위해 회벽 칠을 많이 한다. 이 도시의 기원은 알려져 있지 않지만 이곳을 카사블랑카로 부른 스페인의 상인과 유럽 상인들이 정착하고 1907년 프랑스에 의해 점령되면서 모로코 제1의 항구가 되어 급속도로 성장했다. 우리나라 1970년대와 비슷한 거리 모습이 많이 남아 있는데 지금도 아랍인 구역에는 좁은 골목길에 흰 도료를 칠한 벽돌집과 석조 가옥이 미로처럼 얽혀 있다. 이곳은 영화로 잘 알려지게 됐고 인구는 330만 명으로 모로코 최대 도시이며 수도 라바트보다 경제와 무역이 앞선다.

카사블랑카는 모로코에서 관광으로도 매우 중요한 곳으로 이슬람 형제국과 왕족 및 부호들도 휴양을 많이 하고, 성수기에는 이들이 뿌리는 돈 때문에 경제가 살아난다는 말이 있을 정도이다. 카사블랑카를 보고 수도 라바트를 거쳐 탕헤르까지 버스로 4시간을 이동하면서 주위 환경을 많이 살펴보았다. 시내를 다니면서 삼성, LG 광고와 현대차를 자주 보았다. 휴대폰, TV와 냉장고, 에어컨 등의 우리 제품이 최고 인기란다. 모로코는 연간 800만 명의 관광 객이 찾으며 주로 카사블랑카와 국제 영화제가 열리는 마라케시에 집중되어 있다. 또한 해변에는 유럽과 서방 부호들의 별장이 많이 있는데 무엇보다 풍부한 농수산물, 대서양의 온화한 기후, 신비의 사하라 사막, 그리고 4,300m 아틀라스 산맥 만년설 등 다양한 자연 환경을 갖추었기 때문이다.

〈도시는 영화로 태어나다. 불후의 명작 '카사블랑카'〉

카사블랑카 하면 1942년 작 흑백 영화를 추억하면서 가수 최헌 씨가 부른 노래나 버티 히긴스가 부른 노래를 기억할 것이다. 그만큼 '카사블랑카'는 세계 영화 역사상 2번째라고 꼽을 정도로 명화로 사랑받았으며 그로 인해 유명해졌다. 2차 대전으로 어수선한 프랑스령 모로코, 미국인인 릭_{헴프리 보가트}은 암시장과 도박이 판치는 카사블랑카에서 카페를 운영하고 있다. 어느 날 미국으로 가기 위해 비자를 기다리는 피난민들 틈에 섞여 일자_{잉그리드 버그만}와 레지스탕스 남편 라즐로가 릭의 카페를 찾는다. 일자는 릭의 옛 연인으로 프랑스에서 사랑을 나눈 적이 있었다. 라즐로는 릭에게 미국으로 갈 수 있는 통행증을 부탁하지만 아직도 일자를 잊지 못하는 릭은 선뜻 청을 들어주지 못한다. 경찰서장 르노와 독일군 소령 스트라세는 라즐로를 쫓아 릭의 카페를 찾게 되고, 결국 릭은 가지고 있던 통행증을 주면서 사랑하는 여자를 떠나보내며 자신의 사랑을 포기한다. 남자들의 영원한 로망 잉글리드 버그만과 신사의 멋 험프리 보가트의 연기는 가슴을 적시며 전 세계 영화팬들의 간장을 녹였다. 이 영화는 70년이 넘었지만 멋진 명대사를 많이 남겼는데 특히 호수같이 맑은 여주인공의 눈동자를 바라보며 던진 건배사 'Here's looking at you, kid, 당신의 눈동자에 건배'는 걸작으로 남는다.

▼ 카사블랑카 대서양 해변

〈여수와 겨룬 해양 도시 탕헤르에서 지중해를 넘다〉

다음으로 모로코 최북단 항구인 탕헤르에서 페리를 타고 스페인 타리파항으로 건너갔다. 배를 타면서 본 언덕 위 하얀 집들은 과연 모로코를 상징하기에 충분하였다. 특히 탕헤르는 엑스포 유치를 위해 여수와 치열하게 격전을 치른 도시로 2차 결선 투표에 가서 결국 우리가 승리하였지만 언젠가는 이곳에도 꼭 유치되기를 기원하였다. 배를 타고 아프리카에서 유럽으로 건너가는 지브롤터 해협을 통과하는 순간 대서양과 지중해의 바람을 맞으며 시퍼런 바다를 보니 가슴이 벅찼다. 커다란 두 대륙이 이 좁은 해협을 사이에 두고 가시권에 있었는데 스페인 남단과 아프리카 북서단 사이가 긴 곳은 58km, 가장 가까운 곳은 13km까지 좁아진다. 전략적·경제적으로 매우 중요하여 일찍이 많은 대서양 항해자들이 이용했으며, 선박 항로로 남부 유럽, 북부 아프리카, 아시아 서부 지역에 절대적인 역할을 했다. 지브롤터의 바위산을 놓고 서로 차지하기 위한 전쟁이 이 지역 역사의 대부분을 차지할 정도란다.

▼ 탕헤르 페리선

3. 스페인의 삶과 문화 그리고 관광을 찾아서
   알제시라스에서 말라가까지

〈뿌에르또 바누스 마리나는 한 폭의 그림이다〉

다음으로 알제시라스를 방문하였다. 이곳은 스페인 남단 안달루시아 지방의 카디스 주에 있는 무역 항구로 대서양 횡단 선박의 기항지이자 탕헤르를 비롯한 모로코의 여러 항구를 오가는 여객 페리가 있는 온화한 겨울 기후를 가진 도시이다. 다음으로 해변 도로를 따라서 2시간 정도 가니 지중해를 따라 지어진 그림 같은 별장 지대가 쭉 펼쳐져 있는데 그중 가장 아름다운 마르베야 뿌에르또 바누스 휴양지를 들렀다. 이곳은 스페인 최고의 부촌이자 휴양 도시로 연간 500만 명이 찾는 곳이며 1970년에 완공된 고급 마리나에 915대의 계류장이 있어 10억에서 60억에 달하는 호화 요트들이 정박하고 있으며 마리나 거리에는 루이뷔통, 구찌, 바바리 등 명품샵이 있고 멋진 카페들도 많았다. 참 인상적인 것은 겨울인데도 20도 내외의 온화한 날씨라 반팔을 입고 커피를 마시는 사람도 있을 정도라는 것이다. 이곳의 마리나와 리조트를 보면서 한국형 마리나의 모델을 생각해 보았다. 우리나라 국민들도 관광과 쇼핑 등을 좋아하는 여행 패턴을 감안할 때 이곳처럼 요트마리나 시설과 고급 쇼핑가 그리고 대형 리조트를 같이 모아서 조성하면 성공 가능성이 높다고 생각했다.

〈태양의 해변 말라가의 옛 모습은 아름다웠다〉

다음으로 마지막 방문지 말라가를 찾았다. 말라가는 흔히 '태양의 해변'이라는 뜻의 '코스타 델 솔^{Costa del Sol}'로 불리며 지중해 해안 지대 중요 도시로 바르셀로나에 이어 스페인 제2의 항구 도시이다. 인구는 45만 명이나 휴양철에는 2~3배로 증가하며 세계적 팝페라 가수 키메라^{본명 김홍희} 씨가 살고 있다고 해서 유명하다. 역사가 오래된 고도 말라가는 지중해 다른 도시처럼 페니키아, 카르타고, 로마, 서고트, 이슬람에 의해 차례로 지배를 당했기 때문에 특이한 문화 유적이 많으며 시내 동쪽에는 이슬람 시대에 건축된 알카사바라는 오래된 요새가 있고 그 옆으로는 로마 시대의 원형 극장이 있다.

이곳은 연중 320일 동안 해가 비치는 환상적인 해양성을 갖고 있는 도시로 사철 푸른 하늘에 연중 봄 날씨가 계속되며 주변에 푸른 숲으로 뒤덮인 언덕이 있어 시내와 바다를 내려다볼 수 있다. 특상품인 말라가 포도주를 흔히 신의 포도주라고 부르는데 특히 '로페스 헤르마노스 이 고마라^{Lopez HERMANOS y Gomara}' 마크가 붙어 있는 포도주를 선택하면 진품 말라가 포도주를 맛볼 수 있다. 또한 말라가는 20세기 최대의 화가인 파블로 피카소가 태어난 곳이며 그의 유언에 따라 2003년에 피카소 미술관이 문을 열었다. 인근에는 피카소의 생가가 보존되어 있으며 대성당 등 유적도 잘 관리되고 있다. 말라가는 큰 도시답게 교통 형편도 좋은데 스페인 철도청

renfe에서 운행하는 아베^{AVE}가 마드리드 까지 하루 12편 운행하며 소요 시간은 2시간 40분이다.

▲ 말라가역 고속철도 AVE

〈5천만 명이 찾는 스페인의 매력은 무엇인가?〉

스페인이 삼성, LG, 현대자동차 같은 세계적인 대기업은 하나도 없지만 우리보다 1.5배의 국민 소득을 가지게 된 것은 독보적인 관광 산업 덕분이다. 농업이 주산업인 스페인이 더 잘사는 이유는 우리가 해외 관광객 600만 명을 돌파할 때 스페인은 5,300만 명이 와서 돈을 쓰고 갔기 때문이다.

스페인의 매력은 참으로 많다. 연중 태양이 비치는 지중해의 온화한 기후와 로마, 이슬람, 기독교의 역사가 점철된 역사 유적, 풍부한 농산물로 다양하게 발달된 음식 문화, 사람을 열광하게 만드는 투우 등과 재미있는 축제 등 셀 수가 없다. 그러나 신이 내려 준 조건 위에 가장 중요한 것은 이것을 잘 활용한 스페인 국민들의 지혜이다. 시내 어디를 가든지 만나면 반갑다고 '올라' 하고 인사하는 친절이 가장 돋보이는데 이것은 가업을 중시하고 직업에 대한 자긍심이 높기에 고객에게도 진심으로 친절을 베푼다는 점을 보여주는 것이다.

또한 자연을 사랑하는 자연친화적인 자세를 갖추고 있는데 대부분 음식도 천연 재료를 이용하고 관광지나 도시 개발도 자연 훼손을 최소화하며 역사적으로 지배 민족이 바뀌더라도 문화 유적을 훼손하지 않고 잘 보존했던 장점 등이 있다. 특히 놀랄 만한 것은 이슬람 지배가 물러간 뒤에도 그라나다 알함브라 궁전을 원형 그대로 잘 보존하여 지금도 아랍권 사람들이 와서 보고 깜짝 놀랄 정도라고 한다. 이런 정책이 있었기에 유네스코 세계 유산도 이탈리아 다음으로 많이 보유하고 있어 관광 대국 스페인을 만들고 있는 것이다.

4. 에필로그 : 한국 관광의 나아갈 길
   호남 관광의 비전과 우리의 노력

〈한국도 외국인 관광객 1,000만 명 돌파, 관광 대국에 진입〉

우리나라도 외국인 관광객 1,000만 명 시대가 열렸다. 관광객 통계를 내기 시작한 1955년, 캐나다 여행객이 부산에 첫발을 내디딘 이후 1978년 100만 명, 2000년 500만 명을 넘어섰고 작년에 천만을 넘어서면서 관광 대국에 진입하였다. 이 같은 증가세가 지속될 경우 외국인 관광객은 2020년 2,000만 명에 이를 전망이다. 외국인 관광객을 대상으로 조사한 결과 향후 3년 안에 다시 한국에 오겠다는 재방문 의향이 75.2%, 다른 사람에게도 한국 관광을 추천하겠다는 의향이 74.2%에 달해 시장 여건도 좋은 편이다. 그동안 관광 산업 발전을 위한 규제 완화, 제도 개선도 효과를 거두었고 더블 비자 신설, 신청 서류 간소화, 제주도 무사증 방문 등을 통해 중국 및 동남아 관광객을 적극 불러들이고 숙박 시설을 대폭 확충한 결과이다.

〈한국 관광이 나아가야 할 방향〉

그러나 외국인 관광객 1000만 명 돌파 이후가 문제다. 최근 성장세에 더욱 박차를 가해 시장을 키우는 한편 질적 성장도 이뤄야 하기 때문이다. 질적 성장을 위해서는 외국인 관광객의 체류 기간, 소비 지출, 재방문 확대 등이 이뤄지도록 해야 한다. 또 고소득층을 겨냥한 웨딩, 미식 관광, 레저 · 휴양 · 크루즈 관광, 쇼핑 등의 고가 상품을 개발하고 기업 회의, 포상 관광, 국제 회의, 전시 등을 망라한 마이스^{MICE}산업 [1] 을 더욱 발전시켜야 한다.

융 · 복합 의료관광 서비스 발굴도 필요하고 중국, 일본 시장 타깃에 치우친 관광 시장을 인도를 비롯한 서남아시아와 중동 등 신흥 시장으로도 확대해야 하는 것 역시 과제다. 관광 트렌드가 단체 패키지여행에서 개별 자유여행^{FIT}으로 바뀌고 있는 만큼 관광 정책의 중심축을 FIT로 전환해 개별 관광객을 위한 안내, 언어 소통, 정보 제공 등을 강화하는 맞춤형 전략이 필요하다.

또한 서울, 제주에 치우친 외국인 관광객들의 방문지를 전국으로 확대해야 한다. 외국인이 선호하는 관광 자원을 갖춘 곳을 지역 관광의 핵심 거점으로 선택해 지역별 문화 관광 대표 도시로 육성하고 지역 우수 축제를 활용하는 방안도 필요하다.

〈더욱 감동적인 해외 관광객 마케팅 펼쳐야〉

외국 관광객을 기준으로 한 한국 관광은 세계 24위에 불과하다.

----

1) MICE는 기업회의 (Meeting), 포상관광 (Incentive Travel), 컨벤션 (Convention), 전시 (Exhibition)를 합쳐놓은 용어로서 유럽과 아시아, 태평양 지역의 전시컨벤션 선진 국가들에게 중요한 산업으로 인식되고 있다.

세계 10위권 경제 대국이라는 이름에 걸맞은 수준으로 성장하려면 다각적인 노력이 필요하다. 2011년을 기준으로 최대 관광 대국은 프랑스로 7,950만 명이며 미국(6,230만 명), 중국(5,760만 명), 스페인(5,670만 명), 이탈리아(4,610만 명) 순이다. 터키, 영국, 독일, 말레이시아, 멕시코, 오스트리아, 러시아, 홍콩, 우크라이나가 2,000만 명을 넘는 것을 볼 때 한국도 관광 산업의 장기 비전과 목표를 높게 잡아야 한다.

한국관광공사에서는 "관광 대국들 가운데 많은 나라들이 인구보다 많은 외국 관광객을 불러들이고 있는데 한국이라고 그들처럼 못 할 이유가 없다"고 말한다. 한국보다 경제력이 떨어지는 터키도 2,930만 명에 이르며 아시아권에서 말레이시아(2,470만 명), 홍콩(2,230만 명), 태국(1,910만 명), 마카오(1,290만 명), 싱가포르(1,040만 명)도 한국보다 앞선다. 우리가 1,000만 명 돌파에 안주하지 않고 주마가편走馬加鞭의 노력을 경주해야 하는 이유가 여기에 있다.

〈호남의 관광 비전〉

호남은 그동안 우리나라 관광 주류에서 벗어나 있었다. 숙박 시설만 비교해도 콘도나 호텔이 제주 강원의 1/3수준이며 거리상으로도 수도권과 멀어서 오기 힘들었다. 그러나 최근 남도의 청정 자연, 축제, 남도 음식이 인정받고 섬 관광이 편리해지면서 한국 관광을 이끌어갈 대들보로 거듭나고 있다. 최근 호남선, 전라선, 경전선에 KTX가 개통되었고 관광 편의 시설도 대폭 확충되고 있는 것 역시 좋은 신호탄이다.

〈힐링 상품 적극 개발해야〉

호남 관광이 활성화되려면 몇 가지 추진 전략이 필요하다고 본다. 첫째로 힐링 Healing 여행에 맞는 여행 상품 개발이다. 최근 들어 국민들은 힐링 여행을 선호하면서 가족, 연인, 친구 단위 여행과 단독 개별 여행 FIT 을 많이 한다. 이런 여행 트렌드에 맞는 여행 스케줄 개발, 깨끗하고 안전한 숙박 시설, 맛있고 특색 있는 식단 개발이 필요하다. 더불어 우리 지역이 슬로 시티로 각광받고 있는데 이를 잘 활용하고 해외 홍보도 늘려야 한다.

〈해외 관광객 특화 도시 조성해야〉

두 번째로 외국 관광객 유치에 앞장서야 한다. 터키, 태국의 예를 보더라도 외국인 유치가 그리 어려운 난제는 아니며 우리가 외국인을 맞이하겠다는 생각만 가지면 얼마든지 가능하다. 한 가지 예를 들면 최고급 열차인 '해랑'도 처음에는 일본인을 대상으로 마케팅을 한 결과 큰 호평을 받았기 때문에 내국인도 관심을 갖게 되었다는 것이다. 해외 관광객을 맞기 위해 외국어를 익히고 숙박이나 식단도 시범적으로 개선해야 한다. 또한 정책적으로 지역 시범 도시를 지정하여 성공 사례를 만들고 이를 확대하면서 외국인 접근이 쉬운 목포, 여수, 순천에서 중국, 일본인 거리를 시범적으로 만들 필요가 있다.

〈해양 관광 상품 적극 개발해야〉

세 번째로 호남은 아름다운 섬과 바다가 좋기 때문에 해양 관광과 해양 스포츠를 전략적으로 육성할 필요가 있다. 아직 국민 정서상 바다를 무서워하고 바다를 즐길 줄 모르는 편이나 한번 그 맛을 보면 다시 올 수밖에 없다. 홍도, 흑산도, 청산도, 거문도, 백도 등의 섬 관광을 해외에 소개하고 품격 있는 유람선 관광을 개발하여 특별한 체험을 맛보도록 해야 호남만의 차별화 관광이 될 것이다. 이를 위해 목포와 여수에서 유람선과 근해 크루즈 관광 상품을 적극 개발해야 한다.

〈시민이 적극적으로 관광객 수용 태세 갖추어야〉

마지막으로 가장 중요한 것은 관광에 대한 시민 참여이다. 관광은 행정에서 주도한다고 되는 것이 아니라 여행사, 숙박업소, 식당, 관광 명소, 시민 모두가 하나가 될 때 성공할 수 있다. 우리는 관광으로 성공한 국내외 사례들을 볼 수 있다. 함평은 보여 줄 명소가 아무 데도 없어서 나비 축제를 생각하였고, 정선은 폐광되면서 지역을 살리기 위해 레일 바이크를 만들었으며, 남이섬 강우현 사장은 역발상의 혁신으로 한류 명승지를 만들었다. 스페인도 60년대까지 내전과 독재로 유럽에서 소외된 가난한 나라였지만 관광 정책에 올인하면서 문화 유적을 원형대로 보존하고 시내 거리도 불편하지만 옛 모습을 간직하도록 유지하였기에 성공하였다. 이런 마인드를 우리 지역민들이 가슴깊이 새기고 가장 한국적인 것이 세계적으로 통한다는 생각으로 우리 것을 보존하고 관광으로 먹고 살겠다는 자세와 함께 모두가 친절이 몸에 배도록 해야 한다. 관광객은 멋진 볼거리보다 시민 한 사람의 친절과 양심에 더 감동한다. 즐겁게 다녀온 스페인을 보고 느낀 결론은 바로 우리가 베풀어야 할 '친절'이 관광 한국의 가장 큰 경쟁력이라는 것이다.

책을
마치며
—

* * *

    올해로 철길 인생 35년째이다. 그동안 수많은 역을 거치면서 쌓인 스토리는 나이테처럼 단단히 세월을 붙들고 있다. 19살 나이에 첫 발령을 받고 두근거리며 간 강원도 연당역, 처음으로 승무원이 된 동해열차사업소, 간부로 등용되어 금테 모자를 쓰고 부역장을 한 태백선 연하역, 초임 역장으로 열정을 펼친 나한정역, 우리나라 최고 해돋이 명소 정동진역, 사무관으로 첫 근무한 신탄진역, 귀향하여 부모님을 기쁘게 한 목포역, 코레일 역사상 처음으로 만들어진 해양 관광사업단, 전라도 정도천년의 고장 나주역에 근무하면서 나의 가슴을 뜨겁게 한 화두는 바로 철도가 어떻게 지역과 국민에게 행복을 줄 수 있는지를 찾는 것이었다.

'젊어 고생은 사서도 한다'라는 말이 있듯이 1983년에 남도에서 제일 먼 강원도에 19살 나이로 혈혈단신 던져졌기에 눈물 참는 법을 배웠고, 가난의 수렁에서 빠져나오려는 몸부림을 치면서 인생을 배웠다. 전국 각지에 근무하면서 철도와 문화와 관광을 배울 수 있었다. 객지로 나간 것이 오히려 인생의 도전이 되고 행운이 되었다. 경상도, 강원도, 충청도 등 전국의 철길인생을 살았기에 2012년 목포극동방송에서 1년간 기차역의 재미난 에피소드와 역세권 관광지를 소개하는 방송을 할 수 있었다. 또 지역 발전을 위해 철도를 활용할 수 있는 다양한 지혜도 만들어 제시하였다.

　한때 고속도로와의 속도 경쟁에서 뒤쳐져 사양 산업이라는 불명예를 썼던 철도는 2004년 고속 철도 개통을 계기로 철도 르네상스를 펼치며 전국을 반나절로 연결하고 남도를 서울의 이웃 동네로 만들었다. 이로써 여수 해양 엑스포, 순천만 정원 박람회 성공 개최를 이끌었고 광주, 나주, 목포 관광 활성화의 교두보가 되었으니 남도를 살찌우는 효자 역할을 단단히 하고 있다.

　씽씽 달리는 300km의 고속 철도 시대에도 아랑곳하지 않고 88년째 오직 한길로 조용히 지역민들의 손과 발이 되고 있는 철길이 하나 있다. 바로 광주송정에서 삼랑진까지 연결되는 경전선이다. 2006년에 목포역장으로 귀향한 이후 10년 넘게 지역 철도를 연구하면서 갖가지 보물을 간직한 경전선의 매력에 푹 빠졌다. 경전선은 지방과 지방을 연결하는 철도이다보니 속도경쟁에서 소외되었고 그 덕분에 원형 노선을 그대로 유지할 수 있었으며 곳곳에 간이역들이 알알이 박혀 문화재로서 그 가치가 재조명되고 있다.

정원이 아름다운 남평, 영벽정 강가의 능주, 드라마 촬영 명봉, 벚꽃천국 득량, 주먹의 고장 벌교 등의 특색 있는 테마역들이 즐비하니 우리가 조금만 더 관심과 사랑을 쏟는다면 남도인의 역사와 애환이 깃든 간이역이 우리 곁으로 돌아올 것이다. 시름시름 앓아왔던 간이역이 아날로그 관광의 아이콘으로 새롭게 부활하여 보석처럼 빛날 것이다.

몇 년 전에 시작한 경북 봉화군 승부역의 V-트레인 성공 사례를 눈여겨봐야겠다. 하루 20명 정도 타던 시골역에 스위스 산악 열차 같은 백두대간열차를 운행하고 역 앞에 먹거리 장터를 만들었더니 주말에 수천 명이 찾아오는 명소가 되었다. 앞으로 경전선 간이역들을 연결하여 관광 벨트로 조성하고 V-트레인 같은 멋진 관광 열차를 운행한다면 지역을 살리는 새로운 명소가 될 것이다. 더불어 간이역에 담긴 에피소드와 지역 스토리를 발굴하고 이를 스토리텔링화하여 기차 관광에 접목하면 좋을 것이다. 이를 위해 경전선이 지나가는 광주광역시, 나주시, 화순군, 보성군, 순천시 지자체가 손을 맞잡고 업무 협약을 맺어 경전선 관광 벨트 조성 프로젝트를 공동 진행하면 좋겠다. 지역이 나선다면 정부도 지원을 마다하지 않을 것이다.

　필자는 앞으로도 경전선 간이역의 숨은 이야기를 금광 채굴 하듯 캐내어 널리 홍보할 예정이다. 농촌에서 직접 가꾼 채소와 남도 앞바다에서 낚아 올린 생선을 광주리에 담아 광주 가는 기차에 싣고 가서 자식 학비를 벌었던 우리네 어머니의 애환 같은 감동 스토리를 발굴하여 세상에 알리는 것은 필자 같은 트레인 텔러[2]의 창조적 활동의 몫이 될 것이다.

---

7) 트레인 텔러Train Teller란 역과 기차 이야기를 발굴하여 스토리텔링하며 이를 기차 여행 프로그램에 접목하는 사람의 신조어이다.

'기차에서 핀 수채화'는 우리 인생입니다

책을 내기 위해 원고를 정리하면서 제목에 대한 고민도 많았습니다. 당초 저의 모토인『행복은 기차를 타고 온다』로 정하려 했지만 더 '심쿵'한 제목을 찾고 싶은 욕심이 생겨 메모지에 이런저런 제목을 적고 주위의 조언도 구해 보니 무려 30개나 되었습니다. 최종적으로『기차에서 핀 수채화』로 정했지만 빛을 보지 못하고 묻힌 제목들이 아쉬워 그 이야기를 하고 싶습니다.

가끔 강의할 때 기차 넌센스 퀴즈를 냅니다. '기차'를 왜 기차라고 한지 아세요? 물으면 대부분 '길어서 기차'라고 대답할 때 '정답이 아닙니다'라고 하면 깜짝 놀랍니다. '기똥차게 잘 달려서 기차입니다'라고 하면 다들 우~ 하면서 웃습니다. 이렇듯 기차는 '원숭이 엉덩이는 빨개'로 시작하는 끝말잇기에 나와서 긴 것의 대명사로 쓰였고 친근한 이 구절을 살려『원숭이 엉덩이는 빨개, 긴 것은 기차』로 정할 뻔했습니다.

또한 기차는 낭만과 추억 그리고 그리움의 상징입니다. 기성세대라면 기차 추억 한두 개쯤은 간직하고 있습니다. 기찻길 옆에 살면서 개구쟁이 짓으로 레일에 철사를 놓아 납작하게 만들고, 어렵던 시절에 돈이 떨어져 도둑기차 탔던 일, 통학하면서 몰래 좋아했던 여학생을 훔쳐보며 가슴 떨렸던 첫사랑, 돈 벌러 상경하면서 눈물 훔치던 각오, 엄마 손잡고 외갓집 갈 때 기차 타던 동심 등이 있습니다. 그래서 제목을『외갓집 돌아가는 기차』,

『그리움은 기차를 타고』, 『사랑은 기차를 타고』, 『첫사랑이 그리울 때 기차를 타라』라고 지어 보았습니다.

기차와 인생은 비슷한 점이 많습니다. 레일 간격은 1,435cm인데 이 거리를 맞추지 못하면 탈선합니다. 간혹 멀리서 두 가닥 철길을 보면 평행선이 멋져 보이는데 그건 간격이 일정하게 유지되었기 때문입니다. 문뜩 우리들 사랑이 이렇다고도 생각해 봅니다. 너무 좋아해서 가까워지면 찔려 상처를 입고 간격이 벌어지면 멀어져 이별을 겪습니다. 이런 기찻길은 두 가닥이 서로 만날 수 없는 『기차와 인생의 뉘앙스』라고 해야겠지요.

기차를 타면 먹는 재미가 쏠쏠합니다. 어린이들은 판매원이 오면 반갑고 부모님들은 은근히 주머니 걱정을 합니다. 집에서 계란을 쪄 왔다면 이마에 뚝 쳐서 깨 먹으면 정말 맛있습니다. 야간열차를 탔을 때 승강장에서 먹던 가락국수 맛도 일품이었지요. 그래서 『심심풀이 오징어, 땅콩, 삶은 계란, 사이다 왔어요』라고 생각해 보았습니다.

고향 기차역은 정말 재미있습니다. 아담한 역사 앞에 식당, 다방, 선술집, 옷가게, 신발가게, 약국 등이 있어 사람냄새가 물씬 났습니다. 역전에는 유독 다방이 많았는데 정다방, 행운다방, 썬다방, 명다방 등이 유명했었고 그곳에서 맞선을 보고 친구를 만나고 기차를 기다렸습니다. 가끔 역전에 서커스단이 오거나 사기꾼 약장사도 판을 펼치곤 했는데 소매치기도 한몫 거듭니다. 이런 풍경을 묘사한 『기차역 이야기꾼은 무슨 약을 팔까』

도 제목으로 제격입니다. 어떤 시인은 작은 역을 멋지게 표현하여 『진구야, 삼등객차 타고 놀러 오렴』이라고 썼습니다. 최근에 시골 기차역 주변에서 주민들이 떠나 빈 곳으로 변해서 너무나 아쉬운 마음에 『특명, 고향역을 SKIP하지 말라』고 주문하고 싶습니다.

기차역 주변에 맛집도 많고 기차 타면 먹는 재미가 있어 『맛난 기차』로 지었습니다. 기차가 떠나간 승강장에 나가면 바람이 휑하게 부니 『기적이 울린 자리』가 되고 그 뒷모습이 아쉬워 『떠나간 기차 꽁무니는 예쁘다』로 표현했습니다. 『기찻길 옆 오막살이』에는 아이들도 많고 『기차소리 요란해도 옥수수는 잘도 큰다』라는 표현은 참으로 동심적입니다. 곽재구 시인의 '사평역에서'를 잘 보여 준 남평역을 보면서 『다시 사평역에서』라고 읊조립니다.

가끔 마음이 허전하고 힘들 때는 무작정 배낭 하나 메고 기차를 탑니다. 차창 밖으로 들, 강, 산이 지나가듯 지내 온 인생이 왔다가 사라지면 우리 마음은 홀가분해집니다. 그래서 『위로받고 싶을 때 기차를 타라』고 권하고 싶습니다. 또한 우리는 추억을 간직한 기차를 영원히 떠나보내고 싶지 않아서 『기차는 아직도 떠나지 않았다』라고 외칩니다.

이번 책을 만들면서 사랑하는 딸이 직접 수채화를 그려 주었습니다. 힘들었던 인생도 지내온 뒤 돌아보면 비온 뒤 풍경처럼 한 폭의 멋진 수채화가 됩니다. 이 책을 읽는 여러분께 『기차에서 핀 수채화』 한 점을 정중하게 선물합니다. 행복하십시오.

저자 프로필
—

▶ 성　　명 : 박 석 민 (朴 錫 珉)
　　　　　　　현 코레일 광주본부 영업처장

▶ 생년월일 : 1964. 06. 27 (54세)

▶ 출 생 지 : 전남 무안

▶ 학　　력 : 철도고등학교 졸업
　　　　　　　방송통신대학교 경영학과 졸업
　　　　　　　관동대 경영행정대학원 졸업 (행정학 석사)
　　　　　　　목포대 경영행정대학원 최고경영자과정 수료

▶ 주 요 경 력 : '83. 05. 24. 철도청 임용
　　　　　　　　'00. 12. 22. 정동진역장

'03. 06. 21. 신탄진역장

'03. 10. 31. 본청 고속사업본부 영업설비팀장

'06. 07. 01. 목포역장

'07. 03. 27. 본사 사업개발본부 사내벤처2팀장

'13. 10. 28. 전남본부 영업처장

'14. 12. 15. 광주본부 나주역장

'15. 07. 01. 본사 여객본부 영업지원처장

'16. 06. 01. 본사 여객사업본부 여객운영단
            고객서비스처장

'17. 02. 20. 광주본부 영업처장

▶ 주요활동실적

〈세미나. 방송. 기고〉

'12.11. 5.   전남도청 발행 월간지 '전남새뜸' 기고

'12.11. 9.   KTX 경제권포럼(위원장 주승용) 여수세미나 패널

'13. 1. 10. '전남매일신문' 기고 '남도에 철도 관광 르네상스 시대 온다'

'13. 2. 20. 남해안 고속 철도망 구축 세미나 패널

'13. 3. 13. 전남일보 '스페인에서 선진관광의 지혜를 배우다' 기고

'13. 5. 12. 목포 MBC 일요포커스 토론 패널

'13. 6. 28. 한국-대만 관광교류협력 세미나 주제발표

'11.   목포극동방송 생방송 진행(1년) 전국적인 기차 관광명소 소개

'14. 5.   순천, 전남CBS방송 '안효경아나운서 클릭 102.1' 정기출연

'14. 10.07.   전남일보 '벌교역 보성여관에서 하룻밤 묵어볼까' 외 4회 기고

'15. 02.15.   나주투데이 '모든 길은 나주로 통한다'

'15. 3. 22.   목포 MBC 일요포커스 "호남 고속 철도개통 준비" 토론 패널

'15. 01.06.   전남일보 '호남 고속철 개통 남해안시대가 열린다'

'15. 04.14.   전남일보 '잘되는 집안은 가지에 수박이 달린다'

'15. 05.19.   전남일보 '비 내리는 호남선 아닌 골드러시 호남선 만들자'

'17. 03.21.   전남일보 '역(驛) 字에 행복이 담긴 까닭은'

'17. 06.01.   무등일보 '극락강에서 무등을 느낄 때'

'17. 07.10.   무등일보 '담양역 기적은 언제 울리나'

'17. 07.12.   광주매일신문 '오래 된 꿈을 꾸리라, 몽탄역에서'

'17. 07.26.   남도일보 '비단골 능주역 기차여행 갈까'

'17. 07.31.   전남일보 '백양사역에서 청정ㆍ담백을 느끼다'

'17. 08.10.   무등일보 '화순역 삿갓솔은 알고 있다'

'17. 08.30   남도일보 '원창역에 곡식이 가득 찰 때'

'17. 11.09.   무등일보 '장성역에서 벌어진 세상이 이런 일이'

'18. 01.22.   전남일보 '나주역과 하얼빈역, 기찻길로 형제애 맺을까'

'18. 01.24.   광주매일신문 'KTX 광명역, 항공과 멋진 랑데부'

'18. 3   격월간지 대동문화 기고 '철도 관광, 어디까지 즐겨 보셨나요'

기차 여행을 하며 느끼는
색다른 즐거움을 통해
경쾌한 심신의 활력이
칙칙폭폭 솟아나기를
기원합니다!

—

권선복

도서출판 행복에너지 대표이사

어느덧 산뜻한 여름입니다. 쌀쌀했던 날들은 온데간데없이 훈훈한 바람이 불고 따스한 햇살이 비추고 있습니다. 이런 따스한 날, 기차 여행은 어떨까요?

35년 철길 인생의 국내 최초 기차역 이야기꾼 트레인텔러train teller인 저자는 이 책에서 기차역에 대한 애정과 관심을 아낌없이 보여주고 있습니다. 우리나라 기차역에 이렇게 많은 볼거리와 정보가 담겨 있다는 사실이 놀랍습니다. 여행이라고 하면 해외여행이 더 재밌을 거라고 생각하시는 분들에게는, 이 책이 '그렇지 않다'고 충분히 설득할 수 있을 것입니다.

가지각색의 매력을 지닌 기차역과 더불어 그곳으로 우리를 운반해주는 기차들에 얽힌 역사도 흥미롭습니다. 기차역에 더욱 관심이 갑니다. 또 다양한 여행 패키지가 운영되고 있어 맘에 드는 여행코스를 쏙쏙 골라잡는 재미가 있다는 것도 기차 여행을 하기로 결정하는 데 충분합니다.

기차는 꿈을 실어주는 교통수단입니다. 사랑하는 사람을 보고파서, 고민을 뒤로하고 훌쩍 떠나고 싶어서, 새로운 경험을 통해 심신의 활력을 되찾기 위해서…. 수많은 사람들이 저마다의 이유를 가지고 각자 기차에 몸을 싣습니다. 기차는 힘차게 달려갑니다. 저마다의 꿈을 이루어주기 위해서….

자동차나 비행기와는 또 다른 운치가 있는 기차 여행, 널찍한 창밖으로 보이는 풍경을 즐기며 가만히 앉아 있다 보면, 어느새 모든 스트레스가 뒤로 휙휙 물러나 사라짐을 느낄 것입니다.

이 책을 여행서 삼아 꼭 간직하여, 올해의 여름 가을 겨울, 훌쩍 떠나 보는 것은 어떨지 권해드리고 싶습니다.

기차역은 언제나 그 자리에 서서 당신을 환영하고 있을 것입니다.

모든 사람들이 기차 여행에 흠뻑 빠져들어 행복한 에너지가 팡팡팡! 솟아나 즐거운 삶 되기를 기원합니다!